童年

[俄] 列夫 · 托尔斯泰　著
谢素台　译

人民文学出版社

Л. Н. ТОЛСТОЙ
ДЕТСТВО
据 Л. Н. ТОЛСТОЙ，СОБРАНИЕ СОЧИНЕНИЙ В 20 ТОМАХ
（ГОСЛИТИЗДАТ，МОСКВА，1960）译出。

图书在版编目（CIP）数据

童年/（俄罗斯）列夫·托尔斯泰著；谢素台译.—北京：人民文学出版社，2018（2024.8重印）
（列夫·托尔斯泰自传体小说）
ISBN 978-7-02-014719-9

Ⅰ.①童… Ⅱ.①列… ②谢…Ⅲ.①自传体小说—俄罗斯—近代 Ⅳ.①I512.44

中国版本图书馆 CIP 数据核字（2018）第 267777 号

责任编辑　李丹丹
装帧设计　崔欣晔
责任印制　王重艺

出版发行　人民文学出版社
社　　址　北京市朝内大街 166 号
邮政编码　100705

印　　刷　三河市中晟雅豪印务有限公司
经　　销　全国新华书店等

字　　数　108 千字
开　　本　850 毫米×1092 毫米　1/32
印　　张　7.5　插页 1
印　　数　14001—17000
版　　次　2019 年 1 月北京第 1 版
印　　次　2024 年 8 月第 5 次印刷

书　　号　978-7-02-014719-9
定　　价　49.00 元

如有印装质量问题，请与本社图书销售中心调换。电话：010-65233595

目 次

前言

《童年》《少年》《青年》这三个中篇小说是托尔斯泰的成名作。《童年》最早发表于一八五二年，托尔斯泰那时只有二十四岁；两年后《少年》发表，一八五七年《青年》发表。评论界把这三部作品习惯合称“自传体三部曲”。自传体文学固然有回忆录的形式，并且具有对当时生活记录的真实性，但其主要功能并不在于回顾作者的既往生活，所以不能把它当作“自传”来看，托尔斯泰在晚年谈到这部作品的时候也说，他写的并不仅仅是自己的经历，而是他所熟悉的人们的经历和他自己的童年体验的“混合”[①]。那么，作者为什么要把这些不同人的经历混合到一个或几个人物身上来表现呢？这就涉及自传体文学的功能，就

---

① Толстой Л. Н. Воспоминания. // *Полное собрание сочинений*. Т. 34. М.: ГИХЛ, 1952, с. 348.

是有选择地表现人生历程，从而反省人的生活之路到底如何走，借助于对主人公生活的描写来表达作家本人对这个世界、对人自身的存在，以及人与人之间的关系的价值立场。

因此，我们通过托尔斯泰的自传体三部曲，既可以看到那个时代一个俄罗斯贵族家庭的真实生活，更主要的是发现作家本人在那个特殊的时代对于人应当如何生活的道德理念。这正是人民文学出版社在托尔斯泰诞辰一百九十周年出版这个自传体三部曲的一个重要原因。

一

托尔斯泰出身于世袭贵族家庭，尽管他在幼年的时候父母就相继去世，是被姑姑带养成人，但这并不妨碍他直到生命的最后时刻都生活在富裕，甚至是奢华的环境之中。也就是说，他一直是作为俄罗斯极少数拥有巨大财富的统治阶级的一员而存在，而这个时候的俄国还有一半左右的人口生活在赤贫状态。这种社会状况在俄国持续了几个世纪后，到了十九世纪，俄国的贵族知识阶层首先觉醒，意识到俄国如果想要进入现代文明国家行列，必须要解决野蛮的农奴制问题。农奴制是俄国特有的一种社会经济制度，大量农奴的存在意味着俄国有将近一半的人口（在十九世纪中叶前高达30%—46%[①]）在从事最原始的经济活动，这阻碍了俄国的经济发展，尤其是在西欧国家即将进入第二次工业革命的背景下。其次是专制压迫的问题，农奴不仅失去了经济自主权，也被剥夺了思想的自由。因此，从一八一二年反法战争胜利之后，俄国社会中废除农奴制的呼声便越来越高，直到一八六一年沙皇亚历山大二世签署解放农奴宣言。这就是托尔斯泰前半生所面对的俄国的现实。

当时的贵族知识分子和平民知识分子主要考虑制度变革的方法，而托尔斯泰的解决方案与当时俄国的主流观念相对立。他心目中理想的社会制度是原始的农耕社会、宗法制社会，既不是当时的帝国专制，也不是西欧的代议制。在他看来，人类生存状况的恶化就在于国家制度破坏了人类原初的和谐状态，而更重要的是导致人类心灵的恶化。所以，托尔斯泰提出：俄国社会亟须变革，但不能仅靠国家制度的变革，更不能通过暴力革命，因为暴力即使能够暂时带来转机，却会埋下更多暴力

① 十九世纪初期俄国的农奴数量曾高达总人口的46%，此外还有大量的农村与城市贫民。[俄]梁士琴科：《苏联国民经济史》（第一卷），中国人民大学编译室译，人民出版社，1959年，第518—519页。

的种子。这就是托尔斯泰主义的首要原则。

我们以往对托尔斯泰主义的理解更多地夸大了这一原则，却忽略了这只是托尔斯泰主义的一个前提，而托尔斯泰主义的核心命题是：通过人的心灵改造来达到社会改造的目的。列宁称托尔斯泰是“俄国革命的镜子”，主要是说在他身上反映了俄国社会的深刻矛盾。基于列宁的评价，此后的许多评论都过分强调了托尔斯泰主义中的批判性和妥协性的部分，却遮蔽了这其中在今天看来十分重要的东西——作为统治阶层的贵族的心灵忏悔、道德完善的内容。而这一点恰恰是俄罗斯文化精神中最具合理性的特点。当托尔斯泰在宣扬他的道德主义的时候，绝不是什么“颓唐的、歇斯底里的可怜虫”，而是一个伟大的人类精神的维护者。在他看来，任何社会制度的设计者如果没有人的道德支撑，这个制度都将成为当代的奴隶制。因此，就俄国而言，贵族作为这个社会的主导阶级，首先要从他们的灵魂开始更新，从而引导整个社会走向真正的和谐。

二

高尔基说，托尔斯泰的创作实践“就是企图把良善的俄罗斯贵族安插在俄罗斯生活里面”，而这是一件“艰巨的工作”。[①]高尔基所说的这件艰巨的工作，就是从自传体三部曲开始的。这是年轻的托尔斯泰最初的文学活动，他选择了自己最熟悉的生活加以描写，但无形中开创了他一生文学创作的重大使命——从一个贵族的成长来思考人的存在意义。在这个问题上，托尔斯泰主要是从两个方面展开的，一个是人与上帝的关系，一个是人与人的关系。

我们在自传体三部曲中看到的主人公，贵族少年尼古连卡，就是高尔基所说的“宛若太阳反映在一滴水点上”的那个“水点”。可以说，整个三部曲就是尼古连卡心灵成长的历史，这个自幼缺少爱的孩子，最大的特点不是对这个世界发出抱怨，而是不断的自我反省。在他身上，无疑会有在那个特定环境中养成的等级观念，但每当这种念头产生的时候，他的心中就会有另一个声音发出自我谴责。“爱和羞愧”，这就是托尔斯泰对人与上帝关系的基本理解。

在托尔斯泰看来，越是那些生活在底层、没有受过所谓当代教育的人，心灵离上帝越近。所以，在小说中，托尔斯泰把

① ［俄］高尔基:《俄国文学史》,缪灵珠译,新文艺出版社,1956 年,第 501—502 页。

这种爱的品格更多地赋予了那些侍仆。

比如，在托尔斯泰心目中，娜塔利娅就是上帝仆人的典范。娜塔利娅生命中唯一的精神寄托便是上帝，正因为如此，她把自己的一生都奉献给了他人。有评论认为这个形象反映了托尔斯泰本人固有的贵族立场，实际上，恰恰相反，这个形象反映了托尔斯泰对他所身处的贵族阶级的反叛。在他的笔下，作为贵族的父亲、外祖母以及大量身份显赫的人物，从来没有想到过上帝，而作为下人的娜塔利娅，直到临死的时候还“呼唤上帝”——祈祷，是东正教文化的一个特色。《童年》中描写了一个圣愚苦行者格里沙，他的神圣性就体现在他的祈祷上。格里沙白天行事乖张，夜晚却久久地向上帝祷告、忏悔、哭泣。这个情节本是托尔斯泰童年的亲身经历。托尔斯泰把人在内心与上帝进行交流视为生活中极为重要的内容，虽然他并不是一个严格意义上的东正教徒。可以这样理解，托尔斯泰的宗教思想带有明确的世俗生活目的，在内心深处与上帝同在的现实意义就是时刻在心中呼唤良知。

总之，人面对上帝的问题也就是人面对他人的问题，两者其实是同一个问题的两个方面：一是面对上帝——忏悔；二是面对他人——爱。也就是小说中说的“爱和羞愧”。

小说围绕着主人公尼古连卡主要写了他的三种人际关系：“我”与贵族圈中的人（包括家中的长辈），与侍仆，与朋友（包括兄弟姐妹和恋人）。

非常明显，作者对贵族圈中的人普遍持否定态度，因为在作者看来，这些人就是亟须灵魂改造的人，他们掌握着大量奴仆的命运，甚至掌握着整个俄国的命运，但俄国的问题恰恰在于这些人缺少对自己灵魂之恶的反省。

在尼古连卡与侍仆的关系上，小说不吝笔墨，把人与人之间美好的爱寄寓其中。这首先体现在自幼看着他长大的娜塔利娅·萨维什娜身上。尼古连卡与她的关系，与其说是主仆的关系，不如说她既是他的知心朋友，也是他成长的一个“镜像”。这个知心朋友给了他从父母和兄弟姐妹那里无法获得的真正的理解和抚慰，他从这个镜像中学到了爱，学到了自我反省。

小说还对家庭教师卡尔·伊万内奇这个人物寄予了无限的同情，小尼古连卡在悲伤的时候常常想，他自己的命运甚至与卡尔是一样的，都是被命运所抛弃的人。

尼古连卡与同龄人的关系才是他生活中最重要的部分，因此，他从来都是怀着强烈的渴望融入对方的心灵世界，然而不幸的是，他遭遇得更多的是拒绝和隔膜。他渴望与所有人相爱，他天真地以为所有人都爱他，理解他，但其实这往往成为他自己的“一厢情愿”。作为一个童真未泯、良知清醒的贵族少年，尼古连卡就这样被他自己的阶级拒绝，成为一个孤独的觉醒者。在尼古连卡的同龄人中，有一个人物甚至对于整个托尔斯泰的创作来说都具有特殊的意义，这就是德米特里·涅赫柳多夫。

《复活》中的涅赫柳多夫是最后一次出场，而他的第一次出场就是在自传体三部曲中。如果说尼古连卡这个形象的原型更多的是托尔斯泰本人，那么涅赫柳多夫则完全是作家按照他的理念设计出来的人物，或者说是托尔斯泰理想中的自我。高尔基甚至认为，涅赫柳多夫形象就是俄罗斯生活的象征：“六十年来，涅赫柳多夫公爵驰骋于俄罗斯……六十年来，他的严厉而正直的呼声在呐喊，在揭发一切；他告诉我们俄罗斯生活，几不下于全部俄国文学。”①

三

托尔斯泰的自传体三部曲具有明显的特色，是对其生命

① ［俄］高尔基：《俄国文学史》，缪灵珠译，新文艺出版社，1956年，第502页。

理念的极为出色的表达形式。

一般评论都把托尔斯泰的自传体三部曲看作"成长小说"或"教育小说"，但这类小说的一个特点是主人公的"成长"，即巴赫金所说的"人在历史中成长"，因为历史发生了变化，人不能不随之而变化。[①] 但托尔斯泰的自传体三部曲不是典型的此类成长小说，因为其中既没有写出历史的变化，也没有写出人物的成长。托尔斯泰的基本立场是描写人的心灵变化，无论历史如何变动，人的心灵的"历史"是同一性的，如果说它有一个变化或成长过程，那么这也是一个永恒的模式：纯真——罪孽——复活。而实质上，这三个生命阶段往往是在同一个时间中存在的，这也源于托尔斯泰对于生命的理解。每个人同时既受到原初的纯净的灵魂的支配，同时也受到世俗之恶的诱惑，而这两种力量的博弈就是人的复活的表征。托尔斯泰对孩子有着特殊的喜爱，原因就是他在孩子身上看到了人的美好品格，一方面他说："孩子也并非无罪。在他们身上比成年人较少罪孽而已，但他们已有肉体罪孽。……没有罪孽，就没有生活。"一方面他又说："孩子比成年人更睿智。小孩不会分辨人们的

① ［苏联］巴赫金：《教育小说及其在现实主义历史中的意义》，晓河译，见《巴赫金全集》（第三卷），河北教育出版社，2009 年，第 228 页。

称谓，而是用全副的灵魂去感受人人身上存在的、对他和所有人来说都是同一的东西。”“不要相信无法做到人人平等、或者它只能在遥远的将来才可能实现的说法。要向孩子学习。”①这就是托尔斯泰的成长观：人在童年时代一方面是纯真的，一方面靠着某些本能生活，所以，他需要把这些生物性本能清除掉，才能真正成为只靠灵魂生活的人；然而，成长的过程同时也是被世界污染的过程，所以，人在步入成年后应该努力回归童真。

高尔基曾说：“托尔斯泰的创作之历史意义，今日已被评为整个十九世纪俄国社会一切经验之总结，他的作品将永世留存，俨若天才的顽强劳动的纪念碑，他的作品乃是说明一个顽强个性在十九世纪为了替自己在俄国历史上寻求地位和事业这目的而做的一切探索的文献。”②而我要说，托尔斯泰的意义远不只对十九世纪的总结，更重要的是对人类未来的精神发展的永恒预言。

王志耕

二〇一八年九月于南开大学

① ［俄］托尔斯泰：《生活之路》，王志耕译，商务印书馆，2015 年，第 90、35、190 页。
② ［俄］高尔基：《俄国文学史》，缪灵珠译，新文艺出版社，1956 年，第 502 页。

一

教师卡尔·伊万内奇

一八 ×× 年八月十二日……也就是我过十岁生日，得到那么珍奇的礼品以后的第三天，早晨七点钟，卡尔·伊万内奇用棍子上绑着糖纸做的蝇拍就在我的头上面打苍蝇，把我惊醒了。他打得那么笨，不但碰着了挂在柞木床架上的我的守护神的圣像，而且让死苍蝇一直落到我的脑袋上。我从被子下面伸出鼻子，用手扶稳还在摇晃的圣像，把那只死苍蝇扔到地板上，用虽然睡眼惺忪却含着怒意的眼光看了卡尔·伊万内奇一眼。他呢，身上穿着花布棉袍，腰里束着同样料子做的腰带，头上戴着红毛线织的带缨小圆帽，脚上穿着山羊皮靴，继续顺着墙边走来走去，瞅准苍蝇，啪啪地打着。

"就算我小吧，"我想，"可是，他为什么偏偏要惊动我呢？他为什么不在沃洛佳[①]的床边打苍蝇呢？你瞧，那边有多少啊！不，沃洛佳比我大；我年纪最小，所以他就让我吃苦头。他一辈子净琢磨着怎么叫我不痛快。"我低声说，"他明明看见他把我弄醒了，吓了我一跳，却硬装作没有注意到的样子……讨厌的家伙！连棉袍、小帽、帽缨，都讨厌死了！"

当我心里这样恼恨卡尔·伊万内奇的时候，他走到自己的

① 沃洛佳是弗拉基米尔的小名。

床前，望了望挂在床头、镶着小玻璃珠的钟座上的钟，然后把蝇拍挂到小钉上，带着极其愉快的心情转身朝着我们。

“Auf，Kinder，auf!...S’ist Zeit.Die Mutter ist schon im Saal！”[①]他用德国口音和颜悦色地喊道，然后朝我走过来，坐到我的床边，从衣袋里掏出鼻烟壶。我假装在睡觉。卡尔·伊万内奇先嗅了一撮鼻烟，擦了擦鼻子，弹了弹手指，然后才来收拾我。他一边笑着，一边开始搔我的脚后跟。“Nun，nun，Faulenzer！”[②]他说。

尽管我怕痒，我还是没有从床上跳起来，也没有理睬他，只是把头更往枕头下面钻，拼命踢蹬，竭力忍住不笑出来。

“他多善良，多喜欢我们，可是我却把他想得那么坏！”

我自己很难过，也替卡尔·伊万内奇难过；我又想笑，又想哭，心里很乱。

“Ach，lassen Sie，[③]卡尔·伊万内奇！”我眼泪汪汪地喊着，把头从枕头底下伸出来。

卡尔·伊万内奇吃了一惊，放开我的脚，不安地问我到底

① 德语：起来，孩子们，起来……到时候了，妈妈已经在饭厅里了！
② 德语：喂，喂，懒骨头！
③ 德语：喂，别碰我。

是怎么回事？是不是做了什么噩梦？……他那慈祥的德国人的面孔、他那竭力要猜出我为什么流泪的关注神情，更使我泪如雨下了：我很惭愧，而且不明白在一分钟之前，我怎么居然能不喜欢卡尔·伊万内奇，认为他的棉袍、小帽和帽缨讨厌呢？现在，恰好相反，我觉得这些东西都非常可爱，连帽缨都似乎成了他很善良的明证。我对他说，我哭，是因为我做了一个噩梦，梦见妈妈死了，人们抬着她去下葬。这完全是我瞎编的，因为我一点也不记得夜里做了什么梦。但是，当卡尔·伊万内奇被我的谎话所打动，开始安慰我、抚爱我的时候，我觉得好像自己真的做了那场噩梦，我流泪是由于别的原因了。

卡尔·伊万内奇离开我的时候，我从床上抬起身子，往自己的小脚上穿长统袜子，这时眼泪不怎么流了，但是我所虚构的那场噩梦的阴郁的想法，却仍然萦绕在我的脑海里。照料孩子的尼古拉进来了，他是一个身材矮小、爱好整洁的人，一向严肃认真，彬彬有礼，是卡尔·伊万内奇的好朋友。他给我们送来衣服和鞋：给沃洛佳拿来的是靴子，给我拿来的却是我至今还讨厌的打着花结的鞋。我不好意思当着他的面哭；况且，朝阳愉快地从窗口射进来，沃洛佳又站在脸盆架前面，很滑稽地模仿玛丽亚·伊万诺夫娜（姐姐的家庭女教师）的动作，笑得那么开心，那么响亮，连肩头搭着毛巾、一手拿着肥皂、一手提着水壶的一本正经的尼古拉都笑着说：

“得了，弗拉基米尔·彼得罗维奇[①]，请洗脸吧。”

我十分快活了。

“Sind Sie bald fertig？”[②]从教室里传来卡尔·伊万内奇的声音。

他的声音严厉，已经没有使我感动得落泪的音调了。在教室里，卡尔·伊万内奇完全是另外一个人了，他是老师。我应声而来，连忙穿上衣服，洗好脸，手里还拿着刷子，一边抚平我的湿漉漉的头发，一边走进教室。

卡尔·伊万内奇鼻梁上架着眼镜，手里拿着一本书，坐在门窗之间他一向坐的地方。门左边摆着两个小书架：一个是我们孩子们的，另外一个是卡尔·伊万内奇私人的。我们的书架上摆着各种各样的书——有教科书，也有课外读物。有些竖着，有些平放着，只有两大卷红封面的*Histoire des voyages*[③]规规矩矩靠墙竖着，然后是长长的、厚厚的、大大小小的书籍，有

① 沃洛佳的本名和父名。
② 德语：你们快准备好了吗？
③ 法语：《游记》。

的有封皮没书，有的有书没封皮。每逢课间休息以前，卡尔·伊万内奇就吩咐我们整理“图书馆”（卡尔·伊万内奇夸大地把这个小书架称作“图书馆”）的时候，我们总是把一切东西往那里乱塞。老师私人书架上的藏书，虽然册数没有我们书架上的那么多，种类却五花八门。我还记得其中的三册：一本是没有硬封皮的德文小册子，内容讲在白菜地里施肥的方法；一本是羊皮纸的、烧掉了一角的七年战争史；另一本是流体静力学全部教程。卡尔·伊万内奇把大部分时间都用在读书上，甚至因此损伤了视力；不过，除了这些书和《北方蜜蜂》[①]杂志以外，他什么都不看。

在卡尔·伊万内奇的小书架上所有的东西中间，有一件东西最能使我想起他来。那是一只用纸板做的圆盘，它安着木腿，可以借着小轴移动。圆盘上贴着一张漫画，上面画着一个贵妇和一个理发师[②]。卡尔·伊万内奇粘得很好，这个圆盘也是他自己设计的，做这个圆盘的目的是遮住太亮的光线，保护自己的视力衰退的眼睛。

① 一八二五年至一八六四年在彼得堡出版的一种反动的政治和文学报纸。

② 指法国喜剧作家博马舍（1732—1799）所著的《塞维勒的理发师》和《费加罗的婚礼》中的人物。

就是现在，我仿佛还能看见他的身影——高高的个儿，穿着棉袍，戴着红色小帽，帽子下面露出稀疏的白发。他坐在一张小桌旁边，桌上摆着那只圆盘，圆盘上的理发师把阴影投射到他的脸上；卡尔·伊万内奇一只手拿着书，另一只手搭在安乐椅的扶手上，面前放着一只表盘上画着猎人的钟、一块方格手帕、一个圆形的黑鼻烟壶、一只绿色眼镜盒和摆在小托盘里的一把剪烛花的剪刀。这一切东西都那么规规矩矩、整整齐齐地摆在各自的位置上，单凭着这种井井有条的秩序，就可以断定卡尔·伊万内奇心地纯洁，心平气和。

平常，当我在楼下大厅里跑够了的时候，我就踮着脚悄悄地上楼，跑进教室，那时我总是发现，卡尔·伊万内奇正独自一人坐在安乐椅上，神情安详而庄严地阅读他喜爱的一本什么书。有时也遇到他没有读书。这时他总把眼镜低低地架在大鹰钩鼻上，半睁半闭的蓝眼睛里含着一种特殊的表情，嘴唇忧郁地微笑着。房间里静悄悄的，只听得见他的均匀呼吸声和那块画着猎人的钟嘀嗒作响。

他常常没有发现我，我就站在门边想：“可怜的，可怜的老头儿！我们人多，我们玩呀，乐呀，可是他孤零零一个，没有任何人安慰他。他说自己是孤儿，真是一点也不错。他的身世真不幸！我记得他对尼古拉讲过自己的身世。他的处境真是可怕呀！”我非常可怜他，因此常常走到他跟前，拉住他的一只手说："Lieber[①]卡尔·伊万内奇！”他很喜欢我这么对他说话。每当这种时刻，他总要抚摸我，显然他深深地受了感动。

另一面墙上挂着几幅地图，差不多全是破的，不过，卡尔·伊万内奇妙手回春，把它们都裱糊得好好的。第三面墙正中间是通楼梯口的门，门的一边挂着两把尺，一把是我们的，刀痕累累；另外一把是崭新的，是他私人的，他用它训诫人的时候多，画线的时候少。门的另一边挂着一块黑板，上面用圆圈记着我们的大错，用十字记着我们的小错。黑板左边，就是罚我们下跪的角落。

这个角落令我终生难忘！我记得那个炉门，记得炉门上的通风孔以及人们转动它时，它发出的响声。我常常在屋角跪的时间很长，跪得腰酸腿疼。这时候我心里就想："卡尔·伊万内奇把我忘了。他大概是舒舒服服地坐在安乐椅上读他的流体静力学，可是我呢？”为了让他想起我，我就把炉门轻轻打开又关上，或者从墙上抠下一块灰泥。但是，如果忽然有一块太

① 德语：亲爱的。

大的灰泥嘭的一声掉到地板上，说真的，单是那份害怕就比任何惩罚都糟心。我回头望一望卡尔·伊万内奇，他却捧着一本书，兀自坐在那儿，好像什么都没有觉察似的。

屋子中间摆着一张桌子，桌上铺着一块破黑漆布，从漆布的许多窟窿下面好多地方露出被铅笔刀划出道道的桌子的边沿。桌子周围摆着几张没有油漆过，但是由于使用了好久，已经磨得锃亮的凳子。最后一面墙上有三扇小窗户。窗外的景色是这样：正前方有一条路，路上的每个坑洼、每颗石子、每道车辙，都是我久已熟悉和喜爱的；走过这条路，就是一条修剪过的菩提树林阴路，路后有些地方隐隐约约露出用树枝编成的篱笆；在林阴路那边，可以看见一片草地，草地的一边是打谷场，另一边是树林。树林深处，可以看到守林人的小木房。从窗口朝右边眺望，可以看到一部分凉台，午饭以前，大人们常常坐在那里。当卡尔·伊万内奇批改默写卷子的时候，我常常朝那边观望，我可以看见妈妈的乌黑的头发和什么人的脊背，也可以隐隐约约地听到那里的谈笑声。因为不能到那里去，我心里很生气。我想：“我什么时候才能长大，不再学习，永远不再死念《会话课本》，而同我所喜欢的人坐在一起呢？”气恼会变成悲伤，天知道我为什么沉思，沉思些什么，我想出了神，竟连卡尔·伊万内奇因为我的错误而发起脾气，我都没有听到。

卡尔·伊万内奇脱下棉袍，穿上他那件肩头垫得高高的、打着褶的蓝色燕尾服，照着镜子理一理领带，就领着我们下楼去向妈妈问安了。

二

MAMAN[①]

① 法语：妈妈。

妈妈正坐在客厅里斟茶。她一只手轻轻扶着茶壶，另一只手按着茶炊的龙头，龙头里流出来的水漫过茶壶口，溢到托盘里。她虽然目不转睛地望着，却没有注意到这种情况，也没有注意到我们进来。

当你努力追忆一个亲人的容貌时，总有许许多多往事一齐涌上心头，要透过这些回忆来看它，就像透过泪眼看它一样，总是模糊不清。这是想象的眼泪。因此在我极力回忆妈妈当年的音容笑貌时，我只能想象出她那流露着始终如一的慈爱的棕色眼睛，她那颗长在短短的鬈发下面的脖子上的黑痣，她那雪白的绣花衣领和那常常爱抚我、常常让我亲吻的、细嫩纤瘦的手，但是她的整个神态却总是从我的记忆里滑掉。

沙发左边摆着一架古老的英国大钢琴，大钢琴前面坐着我的黑头发、黑皮肤的小姐姐柳博奇卡[①]，她用刚在冷水里洗过的玫瑰色手指显然很紧张地在弹克莱曼蒂[②]的练习曲。她十一岁了，穿着一件麻布短衣，一条雪白的、镶花边的衬裤，只能用 arpeggio[③]弹八度音。她旁边侧身坐着玛丽亚·伊万诺夫娜。

① 柳博奇卡是柳博芙的小名。

② 穆乔·克莱曼蒂（1752—1832），意大利钢琴家和作曲家，作有大量钢琴奏鸣曲和钢琴教材《乐艺津梁》。

③ 意大利语：琶音，即和弦中的各个组成音不是同时奏出，而是顺序奏出。

玛丽亚·伊万诺夫娜戴着有红缎带的包发帽，身穿天蓝色敞胸短上衣，脸色通红，怒气冲冲；卡尔·伊万内奇一进来，她更加板起脸来了。她威严地望一望他，也不答礼，用脚踏着拍子，继续数着："Un，deux，trois，un，deux，trois"①，声音比以前更响，更专横。

卡尔·伊万内奇好像丝毫没有注意到这点，还是按照德国的敬礼方式，一直走到我母亲跟前，吻她的小手。她醒悟过来了，摇摇头，仿佛想借此驱散忧思。她把手伸给卡尔·伊万内奇，当他吻她的手的时候，她吻了吻他那布满皱纹的鬓角。

"Ich danke，lieber②卡尔·伊万内奇！"她仍旧用德语问道，"孩子们睡得好吗？"

卡尔·伊万内奇本来一只耳朵就聋，现在由于钢琴的声音，什么都听不见了。他弯下腰，更靠近沙发一些，一只手扶着桌子，单腿站着，带着一种当时我觉得是最文雅的笑容，把小帽往头上稍微一举，说：

"您原谅我吗，娜塔利娅·尼古拉耶夫娜？"

卡尔·伊万内奇怕他的秃头着凉，从来不摘掉他那顶小红

① 法语：一，二，三，一，二，三。
② 德语：谢谢您，亲爱的。

帽，但是每次走进客厅里来，他都请求人家许他这样。

“戴上吧，卡尔·伊万内奇……我在问您，孩子们睡得好不好？”maman 向他稍微靠近一些说，声音相当响亮。

但是他还是什么也没有听见，用小红帽盖上秃头，笑得更和蔼了。

“你停一下，米米[①]！”maman 笑着对玛丽亚·伊万诺夫娜说，“什么都听不见了。”

妈妈的容貌本来就非常俊秀，她微笑的时候，就更加美丽无比，周围的一切也仿佛喜气洋溢了。如果我在自己一生中痛苦的时刻能看一眼这种笑容，我就会不晓得什么是悲哀了。我觉得人的美貌就在于一笑：如果这一笑增加了脸上的魅力，这脸就是美的；如果这一笑不使它发生变化，它就是平平常常的；如果这一笑损害了它，它就是丑的。

妈妈同我打过招呼以后，就用双手抱着我的头，让它朝后仰，然后，聚精会神地看了我一眼说：

“你今天哭了吗？”

我没有回答。她吻吻我的眼睛，用德语问道：

① 玛丽亚的法文小名。

“你为什么哭啊？”

当她同我们亲切交谈的时候，她总是用她熟谙的这种语言。

“我是在梦里哭的，maman。”我说。我回想起虚构的梦境的详情细节，不禁颤抖起来。

卡尔·伊万内奇证实了我的话，但是对于梦里的事只字未提。大家又谈到天气，米米也参加了谈话。然后，maman 往托盘里放了六块糖给几个可敬的老家人，就站起身来，走近摆在窗口的刺绣架。

“喂，孩子们，现在到爸爸那里去吧，你们告诉他，他去打谷场以前，一定要到我这里来一趟。”

又是音乐、数拍子，又是严厉的目光。我们到爸爸那里去了。穿过从祖父的时代就保留着仆从室这个名称的房间，我们走进了书房。

三

爸爸

他站在写字台前，指着一些信封、文件和几堆钱，神情急躁，激动地对管家雅科夫·米哈伊洛夫说明什么，管家站在他一向站的房门和晴雨表之间，反剪着双手，手指很快地乱动着。

爸爸越是急躁，管家的手指就动得越快，反过来，爸爸不做声了，他的手指也就不动了。当雅科夫自己开始讲话的时候，他的手指又极其不安地拼命向四面乱动弹。从手指的动作上，我觉得可以猜测出雅科夫内心的思想。他的神情总是很沉着，这说明他既意识到自己的尊严，同时也意识到自己是受人管的，这就是说："我是对的，不过随您的便吧！"

爸爸看见我们，只说了一声：

"等一下，马上就完。"

接着用头示意，叫我们中间的一个人关上门。

"啊，慈悲的上帝啊！你今天是怎么回事，雅科夫？"他继续对管家说着，耸了耸一边的肩膀（这是他的习惯），"这只装着八百卢布的信封……"

雅科夫把算盘拉近一些，用算盘珠拨出八百这个数字，眼睛盯着一个不明确的地方，等着听下文。

"……用来做我出门时的花销。你明白吗？从磨坊那里你可以收到一千卢布……对不对？你可以从国库收回八千卢布押金；干草，按照你自己的估计，可以出卖七千普特[1]，就算四十五个戈比一普特，你可以收到三千卢布；这样一来，你总共可以收到多少钱？一万二千卢布……是不是？”

“是的。”雅科夫说。

但是，根据他的飞快地动弹的手指来看，我觉察出他要提出异议。爸爸打断了他的话头。

“好吧，你要代彼得罗夫斯科耶庄园寄一万卢布给委员会。账房里存的钱，”爸爸接下去说（雅科夫把他在算盘上拨出来的一万二千抹掉，打上二万一千），“你现在给我拿来，就算今天支出好了（雅科夫又抹掉算盘珠儿，把算盘翻转，想必是以此表示那二万一千卢布也没有了）。这个装着钱的信封，你要代我按照上面写的地址转交。”

我站得离桌子很近,因此瞟了瞟信封上的字。上面写着“卡尔·伊万内奇·毛厄尔”。

爸爸大概注意到我看了我不应该知道的东西，就把手放到我的肩头上，轻轻把我从桌边推开。我不理解这是爱抚还是斥责，但是不管怎样，我还是吻了吻搭在我肩头的那只青筋嶙嶙

① 1 普特合 16.38 公斤。

的大手。

“是！”雅科夫说，“关于哈巴罗夫卡那笔钱，您有什么吩咐吗？”

哈巴罗夫卡是妈妈的庄园。

“存在账房里，没有我的命令，绝对不准动用。”

雅科夫沉默了几秒钟；接着，他的手指突然动得更快了。他在聆听主人命令时那副呆头呆脑、唯命是从的样子变了，又露出精明滑头的本相来。他把算盘拉近些，开口说：

“让我向您报告一下，彼得·亚历山德雷奇，您可以随意处理，不过委员会那笔钱不能如期付清。您说，”他抑扬顿挫地继续说，“从押金、磨坊、干草上我们应该有一笔进项（他一边说这些项目，一边在算盘上打出数字来）……不过我看，这些款项恐怕我们算错了。”他沉默了一会儿，意味深长地看了爸爸一眼，这样补充了一句。

“为什么？”

“您瞧呀：关于磨坊的事，磨坊老板已经来找过我两次，要求延期付款，赌咒发誓，一口咬定他没有钱……他现在就在这儿，您是不是愿意亲自同他谈谈？”

“他说什么？”爸爸追问道，摇了摇头，表示他不想同磨坊老板谈话。

“这不是明摆着的嘛！他说根本没有生意，他仅有的那一点点钱都用在水坝上了。假定我们把他赶走，老爷，我们又会得到什么好处呢？您又提到押金，我好像已经向您报告过了，我们的钱投到那里，不会很快收回来的。前几天我往城里给伊万·阿法纳西奇运去一车面粉，顺便捎信问起这件事。可是，他老人家的回信又是那一套：‘我很高兴为彼得·亚历山德雷奇效劳，但是事情由不得我做主，’从这一切情况看来，再过两个月，您也未必收得到这笔款。至于您所说的干草，假定可以卖到三千卢布……”

他把算盘珠拨上三千，沉默了一下，一会儿看看算盘，一会儿又看看爸爸的眼睛，仿佛说：

“您自己看看，这太少了！再说，卖干草还得赔本；如果现在我们就卖出去，您自己也知道……”

看样子，他还有一大堆理由。大概就是因为这个缘故，爸爸没有让他再说下去。

“我不改变自己的决定，”他说，“不过，如果这些款项当真要拖延好久才能收到，那也没有办法，需要多少钱，你就动用哈巴罗夫卡那笔钱好了。”

“是！”

从雅科夫的脸色和手指的动作可以看出，最后这个命令使他非常满意。

雅科夫原来是个农奴，为人非常勤恳，忠心耿耿。他像所有的好管家一样，很会替自己的主人精打细算，对主人的利益抱着非常古怪的见解。他总是千方百计地减损女主人的财产来增加男主人的财产，因此就极力证明，非动用女主人庄园的一切收入来贴补彼得罗夫斯科耶（就是我们居住的村庄）不可。这时他扬扬得意，因为在这一点上他完全如愿以偿了。

爸爸跟我们道过早安以后，就说，我们在乡下闲散够了，我们不再是孩子，应该认真学习了。

“我想，你们已经知道我今天夜里要去莫斯科，而且要把你们带去，”他说，“你们要住在外祖母家，妈妈跟女孩子们留在这儿。你们要知道，听到你们学习成绩很好，令人满意，这对妈妈将是一种安慰。”

虽然由于最近几天所做的准备，我们已经料到要发生什么不寻常的事，但是这个消息还是使我们大吃一惊。沃洛佳脸红了，用颤抖的声音传达了妈妈让他捎的话。

“我的梦给我的预兆原来是这么回事！”我寻思了一下，

“千万别发生更糟心的事了。”

我非常非常舍不得妈妈，但同时，一想到我们真的成了大人，心里又很高兴。

“如果我们今天就走，那就一定不上课了。这太妙了！”我暗自思索，“可是，我替卡尔·伊万内奇难过。他大概会被辞退，要不然，就不会给他准备那个信封了……最好还是永远学习下去，不要走，不要离开妈妈，也不要让可怜的卡尔·伊万内奇伤心。他本来就够不幸的了。”

这些思想掠过我的心头；我一动也不动，目不转睛地望着我鞋上的黑蝴蝶结。

爸爸同卡尔·伊万内奇又谈了几句关于晴雨表下降的事，吩咐雅科夫不要喂狗，好在临走以前，吃过午饭去试一试小猎狗。这以后，跟我的预料相反，他打发我们去上课，不过安慰我们说，要带我们去打猎。

我上楼时，顺便跑到凉台上去看看。爸爸心爱的猎狗米尔卡正眯缝着眼睛，卧在门口晒太阳。

“亲爱的米尔卡，”我抚摩着它，吻它的小脸说，“我们今天就要走了。再见吧！我们再也不会见面了。”

我心一软，就哭了起来。

四

上课

卡尔·伊万内奇情绪不佳。这从他那皱紧的眉头，从他把大礼服抛进五屉柜，怒气冲冲地系腰带，用指甲使劲在《会话课本》上划一条线，标明要我们背熟的地方等等动作，都可以看得出。沃洛佳规规矩矩地学习，我却心里烦躁，什么也做不出来。我茫然若失地对着《会话课本》望了好久，但是一想到就要离别，我便热泪盈眶，再也读不下去了。轮到我向卡尔·伊万内奇讲那段会话的时候，他眯缝着眼睛听我说（这是一种不祥的兆头）。恰恰到一个人问："Wo kommen Sie her？"[1]另一个回答说："Ich komme vom Kaffee-Hause"[2]的段落，我再也忍不住眼泪，由于痛哭失声，就说不出："Haben Sie die Zeitung nicht gelesen？"[3]这句话来了。到习字的时候，泪水落到纸上，弄得满纸墨斑，看上去好像是用水在包装纸上写的。

卡尔·伊万内奇生起气来，罚我跪下，反复地说，这是倔脾气，装腔作势（这是他的口头禅），他用戒尺威吓我，要我讨饶，我却被泪水哽住了，连一个字也说不出来。最后，他大概感到自己做事不公平，就走进尼古拉的房间，砰的一声把门关上。

① 德语：您从哪儿来？
② 德语：我从咖啡馆来。
③ 德语：您没有看过报吗？

从教室里可以听到下房里的谈话。

“孩子们要去莫斯科，你听说了吧，尼古拉？”卡尔·伊万内奇一进屋就说。

“不错，听说了。”

想必是尼古拉要站起来，因为卡尔·伊万内奇说：“坐着吧，尼古拉！”随后就关上门。我离开墙角，走到门边去偷听。

“不论替人家做了多少好事，不论多么忠心耿耿，看起来，决不能指望人家感激你。尼古拉，对不对？”卡尔·伊万内奇感伤地说。

坐在窗口补靴子的尼古拉，肯定地点点头。

“我在这所房子里住了十二年，我可以当着上帝起誓，尼古拉，”卡尔·伊万内奇接着说，朝天花板抬起眼睛和鼻烟壶，“我爱护他们，照顾他们，比对自己的孩子都尽心。你记得吧，尼古拉，沃洛佳害热病的时候，你记得我怎样在他的床边坐了九天没有合眼。是的，那时我是个好心的人，是亲爱的卡尔·伊万内奇；那时用得着我。可是现在呢，”他含着一丝讽刺的笑意补充说，“现在孩子们长大了，得认真地学习了！好像他们在这儿没有学习似的。尼古拉，是不是？”

“好像还得学习。”尼古拉放下锥子，双手拉着麻绳说。

“是的，现在用不着我了，要把我赶走了；诺言丢到哪儿去啦？哪儿有感激的意思？尼古拉呀，我很敬爱娜塔利娅·尼古拉耶夫娜，”他一只手按着胸口说，“但是她又怎样呢？……在这所房子里，她的意旨反正是无足轻重的。”这时，他用一种富于表情的手势把一小片碎皮子扔到地板上，“我知道这是谁出的鬼主意，为什么不需要我了。因为我不会像有些人那样阿谀奉承，随声附和。我对任何人都总爱讲老实话，”他骄傲地说，“别去管他们！我不在这里，他们也发不了财。而我呢，上帝是慈悲的，总会找到一块面包的……是不是，尼古拉？”

尼古拉抬起头，看了看卡尔·伊万内奇，好像想弄清他是不是真的会找到一块面包。不过，他一句话也没有说。

卡尔·伊万内奇照这样又唠叨了很久，说了好多。他提到，他以前住在某将军家里，他的功劳得到了较好的报酬（听见这话，我心里很难过），他说到萨克森、他的父母、他的朋友舍恩海特裁缝，等等，等等。

我很同情他的痛苦。我对父亲和卡尔·伊万内奇几乎是同样敬爱的，一想到他们互不理解，心里就很难过；我又回到角落里跪下，考虑怎样才可以使他们言归于好。

卡尔·伊万内奇回到教室以后，吩咐我站起来，准备默写的练习本。等一切都准备就绪，他就威严地坐在自己的安乐椅上，用一种仿佛发自内心深处的声音开始口授："Von al–len Lei–den–schaf–ten die grau–samste ist...Haben Sie geschrieben？"[①]说到这儿他停了一停，慢吞吞地吸了一撮鼻烟，打起精神接着说："Die grausamste ist die Un–dank–bar–keit...Ein grosses U."[②]我等着他往下说，写好最后一个字之后，向他望了一眼。

"Punctum."[③]他含着一丝几乎觉察不出的微笑说，然后做了一个手势，要我们把练习本交给他。

他用抑扬顿挫的声调，带着极其满意的神情把这句表达自己内心思想的格言读了好几遍。随后，他就坐在窗口给我们上历史课。他的脸色不像先前那么阴沉了，流露出一个已经充分出了气的人的得意神情。

差一刻就一点钟了；但是，卡尔·伊万内奇好像还不想放我们走：他接连不断地给我们上新课。无聊和食欲同样地增长起来。我急不可耐地注意着表明快吃午饭的一切迹象。一会儿

① 德语：在一切缺点中，最可怕的……写好了吗?
② 德语：最可怕的是忘、恩、负、义……U要大写。
③ 德语：句点。

一个女仆拿着擦子去刷碟子，一会儿听见饭厅里餐具的响声和挪动桌椅的声音，一会儿米米、柳博奇卡和卡坚卡[①]（卡坚卡是米米的女儿，十二岁）从花园里走进来。但是福卡——总是来宣布开饭的管家福卡——却没有露面。只有他露面的时候，我们才能扔下书本，不顾卡尔·伊万内奇，跑下楼去。

这回听见楼梯上的脚步声了；但这并不是福卡！我熟悉他的脚步声，永远听得出他的靴子的咯吱声。门打开了，一个我完全不认识的人出现在门口。

① 卡坚卡是叶卡捷琳娜的小名。

五

苦行者

一个五十来岁的人走进屋里来，他脸色苍白，长脸盘，一脸大麻子，留着长长的白发和几绺稀疏的红胡子。他身材非常高大，进门时不但要低下头，连整个身子都得弯下来。他穿着一件破布衫，这布衫既像农民的长襟外衣，又像神父的白袍，手里拿着一根大拐杖。进屋时，他用拐杖拼命敲了一下地板，扬着眉毛，嘴咧得特别大，发出非常可怕、非常不自然的哈哈大笑声。他瞎了一只眼睛，那只眼睛的眼白不住地乱转，给他那本来就很丑陋的面孔增添了更加让人讨厌的神气。

“啊哈，捉住了！”他喊道，小步跑到沃洛佳跟前，抱住他的头，仔细察看他的头顶，随后带着十分严肃的神色放开沃洛佳，走到桌子跟前，向漆布下面吹气，在漆布上面画十字。“噢，可怜啊！噢，痛苦啊！……小宝贝们啊……就要飞走了。”他用一种颤巍巍的悲泣声音说着，感伤地望着沃洛佳，并且用袖口去擦当真掉下来的眼泪。

他的嗓音粗浊沙哑，动作慌里慌张，语无伦次（他永远不用代词），但是发的重音却那么动听，焦黄的丑脸上有时露出非常坦率的悲哀神色。听他讲话，不能不使人产生一种又是惋惜、又是恐惧、又是悲伤的复杂心情。

这就是那个苦行者，巡礼者格里沙。

他是什么来历？他的父母是谁？是什么迫使他选择了他过的这种流浪生活？谁也不了解这一点。我只知道，他从十五岁起，就成了尽人皆知的苦行者。无论冬夏，他都光着脚行走，朝拜寺院，把小圣像赠给他喜爱的人，说些费解的话，有的人认为这些话是预言。从来没有人见过他是另外一种情形。有时他到我外祖母家去。有人说他是富家的不幸子弟，是个心地纯洁的人，又有人说他不过是个庄稼人，是个懒汉。

那个严守时刻、令人望眼欲穿的福卡终于出现了，我们于是下楼去。格里沙呜咽着，继续讲一些语无伦次的话，他跟在我们后面，用拐杖敲打着楼梯的阶梯。爸爸和 maman 挽着胳膊在客厅里踱来踱去，低声交谈着什么。玛丽亚·伊万诺夫娜规规矩矩坐在紧挨着沙发、按照直角形对称摆着的一把安乐椅上，用严厉但却沉着的声音教训坐在她身边的姑娘们。卡尔·伊万内奇一走进房间，她瞅了他一眼，马上就扭过身去。她脸上露出一种可以这样解释的表情："我没有注意您，卡尔·伊万内奇。"从姑娘们的眼色中可以看出，她们急着要告诉我们一件十分重要的消息；但是离开自己的座位跑到我们跟前，这是米米的规矩所不允许的。我们得先走到她跟前，说一声："Bonjour,

Mimi！”[①]立正行个礼，然后才能开始谈话。

这个米米是个多么令人讨厌的女人啊！当着她的面什么都不能讲，她认为一切都不成体统。另外，她还喋喋不休地要我们“Parlez dons français[②]”，可是那时，我们好像要故意惹她生气似的，偏想说俄语。要不就是在吃饭的时候，某样菜合你的胃口，希望没有人来干涉你的时候，她一定会说：“Mangez done avec du pain”[③]或是“Comment ce que vous tenez votre fourchette？”[④]你会这样想，“她和我们有什么相干呀？让她管教她的姑娘们去好了。有卡尔·伊万内奇管我们。”在厌恶某些人方面，我和他完全抱有同感。

“去央求一下妈妈，让他们带我们去打猎吧。”大人们领头到饭厅去的时候，卡坚卡拉住我的短外套，小声说。

“好，我们试试吧。”

格里沙在饭厅里吃饭，不过在另一张小桌上；他眼睛抬也不抬，紧盯着碟子，有时叹一口气，扮个吓人的鬼脸，并且好像自言自语似的说：“可怜！……飞走了，鸽子要飞上天了……

① 法语：您好，米米！

② 法语：说法文。

③ 法语：就着面包吃吧。

④ 法语：你这是怎么拿叉子的？

啊，坟上有一块石头！……”以及诸如此类的话。

maman 从早晨起就心绪不宁；格里沙的来临、他的言语和行动，显然使她更加心烦意乱。

“噢，对啦，我还忘记求你一件事。”她把一盘汤递给父亲时说。

“什么事？”

“请你叫人把你那群恶狗锁起来吧。你瞧，格里沙进院子的时候，它们险些儿把这个可怜的人咬伤了。像这样，它们也可能向孩子们扑过去。”

格里沙听人谈到自己，就扭过身朝着大饭桌，指指自己身上被撕破的衣襟，嘴里一边咀嚼，一边嘟囔说：

“想把我咬死……上帝不允许。纵狗伤人是有罪的！大大的罪过！不要打，当家的[①]，为什么要打啊？上帝会饶恕的……世道不同了。”

“他说些什么？”爸爸问，很严厉地瞪着眼看他，“我一点也不懂。”

“但是我懂，”maman 回答说，“他对我讲，有一个猎人故

① 他对所有的男人都一律这样称呼。——托尔斯泰注

意纵狗咬他，所以他说，‘想把我咬死，但是上帝不允许，’他求你不要为这件事处罚那个猎人。”

“啊！原来如此！”爸爸说，“他怎么知道我要处罚那个猎人呢？你要知道，我一向不大喜欢这样的先生们，”他用法语继续说，“不过，这位我觉得特别讨厌，想必……”

“噢，不要说这话，亲爱的！”maman 好像吃惊似的，打断了爸爸的话头，“你怎么知道呢？”

“我似乎有机会研究这一类人，他们之中来拜访你的很多，全都一模一样。说来说去总是那么一套……”

显然，在这一点上母亲抱着完全不同的看法，不过她不愿意争论。

“请递给我一个油炸包子，”她说，“怎么样，今天的油炸包子好吃吗？”

“不，我很生气，”爸爸接着说，他拿起一个油炸包子，但是离得那么远，maman 根本够不着它，“不，当我看见有头脑、有教养的人落到骗局里的时候，我很生气。”

说着，他用叉子敲敲桌子。

“我请你递给我一个油炸包子。”她又说了一遍，伸出手去。

“把这帮人关到警察局去，可算做了好事啦！”爸爸接着说，把手缩回来。“这帮家伙带来的唯一好处，就是使一些女人本来就很脆弱的神经更乱。”他笑着补充说，看到妈妈很不喜欢这场谈话，就把油炸包子递给了她。

“在这方面，我只想对你说明这样一点：一个六十岁的人，无论冬夏都光着脚走路，衣服下面总带着两普特重的铁链，再三再四拒绝人家提供给他的供给膳宿的舒适生活，我们很难相信这种人只是由于懒惰才采取这一切行动。至于说到预言，”她沉默了一会儿，叹了口气又说，“Je suis payée pour y croire；[①]我好像告诉过你，连我父亲将在哪一天，哪个时辰逝世，基留沙都向他预言了。”

“噢，你要拿我怎么样啊？”爸爸说，笑着把靠米米那边的那只手捂到嘴上（他这样做的时候，我总是紧张地听着，等着听一些笑话），“你为什么对我提到他的脚呢？我看了一眼，现在什么都吃不下了。”

午饭快要吃完了。柳博奇卡和卡坚卡直向我使眼色，在椅子上扭来扭去，总之，她们显得非常不安。这种眼色是说：“你们怎么不请求他们带我们去打猎呀？”我用胳膊肘推了推沃洛

① 法语：我是吃了苦头才相信的。

佳。沃洛佳推了推我，他终于鼓起勇气，起先声音还是畏怯的，随后就相当坚决而响亮地解释说：“今天我们就要走了，因此很想带着姑娘们一道坐敞篷马车去打猎。”大人们讨论了一下，这个问题就依着我们的心意解决了，更令人高兴的是，maman说她自己也要跟我们去。

六

准备打猎

上甜食的时候，打发人把雅科夫叫来，并且发出了有关车辆、狗群和乘骑的指示，指示非常详尽，连每匹马的名字都点出来了。沃洛佳的马瘸了；爸爸吩咐给他备上一匹猎马。“猎马”这个词妈妈听起来很不入耳：她以为猎马一定类似烈性的野兽，准会狂奔一阵，把沃洛佳摔死。任凭爸爸和沃洛佳怎么劝慰，沃洛佳怀着令人惊异的勇气说，这没有什么，他最喜欢马奔驰，可怜的 maman 还是一个劲儿说，那样一来，整个郊游的时间她都会心烦意乱。

午饭吃完了；大人们到书房里去喝咖啡，我们便跑到花园里，踏得落满黄叶的小径沙沙作响，谈着话。我们谈沃洛佳骑猎马的事，谈柳博奇卡跑得没有卡坚卡快很丢脸，并且说要是看看格里沙的铁链会多么有趣，等等；但是关于我们就要分手的事，却只字未提。我们的谈话被驶近的马车声打断了，在那辆马车上每个装有弹簧的座位上都坐着一个小农奴。马车后面是猎手们，他们带着狗，骑着马；猎手们后面是车夫伊格纳特，骑着准备让沃洛佳骑的那匹猎马，牵着我的那匹老马。一开始我们都向篱笆旁边跑过去，从篱笆眼里可以看到这一切有趣的东西。随后，我们尖叫着跳着，跑上楼去换衣服，尽量打扮得像猎人模样。最主要的办法是把裤子塞到靴子里。我们马上这样动手做起来。我们急着做完，好跑到门口去欣赏狗和马，跟猎手们交谈一下。

那天天气很热，从大清早起天边就飘着洁白的、变幻无常的阴云；后来，微风把它们吹得越来越近，有时甚至遮住了太阳。不过，尽管阴云密布，越来越浓，显然也不会形成暴风雨，使我们最后一次打猎扫兴。傍晚时分，阴云开始消散：有的颜色变淡了，形状拖长了，向天边飘去；有的就在头顶上，变成透明的鳞片；只有一大片乌云停留在东方。卡尔·伊万内奇一向懂得乌云的动向，他说这块乌云会向马斯洛夫卡飘去，绝不会下雨，一定是个好天气。

福卡虽然上了年纪，却十分灵活，十分迅速地跑下楼，喊道："赶过来！"于是，他叉开腿稳稳地站在大门口，也就是在车夫要停下马车的地点和门槛的中间，并且摆出一副姿态，表示无须人家提醒他的职责。太太小姐们下来了，略略讨论了一下谁坐在哪边，抓住什么（虽然我觉得，根本用不着抓住什么）之后，她们就坐上去，撑开阳伞，车就走动了。马车走动的时候，maman 指着"猎马"，用颤巍巍的声音问车夫：

"这是给弗拉基米尔·彼得罗维奇备好的那匹马吗？"

车夫回答说是，这时候，她摆摆手，扭过身去。我简直忍耐不住了，就跨上马，把身子往前一伏，在院子里表演了好几手马术。

“请您不要踩着狗。”有个猎人对我说。

“你放心，我不是头一回呀！”我自豪地回答。

沃洛佳骑上“猎马”，尽管他性格坚强，也不免有些胆怯。他抚摩着马，问了好几次。

“它老实吗？”

他骑马的姿势很好看，就像大人似的。他那穿着紧身裤的大腿骑在马鞍上是那么健美，使我都嫉妒起来。特别是因为，从我的影子看来，我的姿势比他差远了。

现在可以听到爸爸下楼梯的脚步声。管追猎狗的人把四处奔跑的猎狗赶拢来，带着狼狗的猎人们把自己的狼狗唤到跟前，骑上马。马童把一匹马牵到台阶边；爸爸的那一群猎狗本来都卧在台阶前面，摆出各种美妙的姿态，这时一齐向他扑过来。米尔卡戴着珠项圈，铃铛叮当地响着，跟在爸爸身后快活地跑出来。它出来的时候，总要同猎狗打招呼：同这一些玩玩，和那一些嗅嗅鼻子或者吼一声，在另外一些身上捉捉跳蚤。

爸爸骑上马，我们就出发了。

七

打猎

绰号“土耳其人”的那个猎人，头上戴着毛茸茸的帽子，肩上背着大号角，腰带里插着刀子，骑在一匹钩鼻子的、青灰色的马背上，走在大家前面。看了这个人的阴沉凶狠的外貌，会以为他是去决一死战，而不是去打猎。各种各样的猎狗汇成一支骚动的队伍，跟在他那匹马的后腿周围奔跑着。看到不幸掉队的那只狗会遭到怎样的命运，心里真觉得可怜。它必须费九牛二虎之力拖住自己的伴侣，而当它达到这个目的时，后面一个骑马的管猎狗的人一定会用短柄长鞭抽打它,大喝一声“归队！”我们出大门时，爸爸吩咐猎人和我们走大路，他自己却向裸麦田里走去。

正是秋收大忙季节。一望无际的、金光闪闪的田野只有一面同呈蓝色的高高的森林接壤，当时在我看来，那片森林是个极其遥远的神秘所在，它后面不是天涯海角，就是荒无人烟的国度。整个田野上净是麦垛和农民。在割了麦子的麦地的茂密高大的裸麦中间，可以看见一个割麦女人弯着的脊背，她抓住麦秆时麦穗的摆动，一个妇人俯在阴凉里的摇篮上，还有散布在长满矢车菊的割完麦子的麦地上的一束束裸麦。在另外一边，农民们只穿着衬衣，站在大车上装麦捆，弄得龟裂的田地上尘土飞扬。村长穿着靴子，肩上披着厚呢上衣，手里拿着记数的筹码，他远远地看见爸爸就摘下毡帽，用毛巾擦擦他那长着红头发的脑袋和胡子，并且对妇女们吆喝。爸爸骑的那匹小小的赤骝马，迈着轻快嬉戏的步子走着，有时把头俯在胸前，牵扯着缰绳，用蓬松的尾巴驱拂着贪婪地粘在它身上的牛虻和苍蝇。两条狼狗紧张地把尾巴弯成镰刀形，高高地抬起脚，跟在马蹄后面，从高高的麦茬上优美地跳过去。米尔卡跑在前面，昂着头，等待着野味。农民们的谈话声，马蹄践踏声，车轮的辚辚声，鹌鹑快活的啼鸣声，始终在空中成群盘旋的昆虫的嗡嗡声，艾草、麦秸和马汗的气味，炽烈的阳光在淡黄色麦茬上，在远处深蓝色的森林上，在淡紫色的云彩上照射出万紫千红、或明或暗的色调，以及那飘在空中或者伸展在麦茬上的白蜘蛛网，这一切我都能看见、听见和感觉到。

我们骑马到达卡里诺伏树林的时候，看见马车已经到达，而且出乎意料之外，还有一辆单马车，车上坐着厨师。干草下面露出一个茶炊、一只冰激凌桶，还有一些吸引人的包裹和盒子。绝对错不了：这是要在野外吃茶点，还有冰激凌和水果。一看见单马车，我们就高兴得大叫起来，因为在树林里的草地上，总之，在大家都认为没有人吃过茶点的地方吃茶点，是一件莫大的乐事。

“土耳其人”骑着马走近猎场，停下来，留心听爸爸的详细指示，像怎样看齐、往哪儿冲等等（不过，他从来也不考虑这些指示，而是照自己的意思去做）。他解开那群狗的皮带，不慌不忙地绑在他的马鞍上，又上了马，吹着口哨消失在小白桦树后面。解开皮带的那群狗，先摇摇尾巴表示喜悦，又抖抖身子振作了一番，然后就闻一闻，摇摇尾巴，迈着小步向四面八方跑去。

“你有手帕吗？”爸爸问。

我从口袋里掏出一块给他看。

“好吧，就用这块手帕绑住那条灰狗……”

“热兰吗？”我带着内行的神气问道。

“是的，顺着大路跑。到了林中那块空地，就停下来。注意，打不到兔子不要回来见我。”

我把手帕系到热兰毛茸茸的脖颈上，赶快朝指定的地点冲去。爸爸笑了，在我背后喊道：

“快点，快点，不然就迟了！”

热兰不住地停下，竖起耳朵，倾听猎人们的吆喝声。我没有力气把它拖走，于是喊起来：“去追！去追！”热兰因此拼命往前冲，我好容易才把它勒住。在到达指定的地点以前，我摔了好几个跟头。我在一棵大橡树下选了一个阴凉、平坦的地方，躺在青草上，让热兰卧在我身边，开始等待。在这种情形下总是如此，我的想象力远远脱离了现实。当树林里传来第一只猎狗的吠声时，我已经在想象我纵犬去追第三只兔子了。“土耳其人”的声音在树林里显得更加响亮，更有劲。一只猎狗尖叫了一声，接着便越来越经常地听到他的声音。另一个低一些的声音加进去，接着第三个、第四个……这些声音有时沉寂下去，有时争先恐后地响了起来。声音逐渐加强，连续不断，最后汇合成一片响亮的、喧闹的嘈杂声。猎场上充满了声音，那群猎狗齐声狂吠着。

听见这个，我发愣了，动也不动了。我的眼睛紧盯着林边，茫然若失地微笑着；我的脸上汗如雨下，虽然汗珠顺着下巴流下来怪痒痒的，但是我并没有去擦。我觉得再也没有比这个关头更紧要的了。如果这种紧张情况长久延续下去，那就太要命了。那群猎狗时而在林边狂吠，时而渐渐地离开我；并没有兔子。我开始四下张望。热兰也这样:最初它拼命挣扎,尖声吠叫,随后在我身边卧下，把头枕到我的膝盖上，安静下来。

我坐在橡树下面，在这棵橡树光秃秃的树根周围，灰蒙蒙的干土地上，在凋落的橡树叶、橡实、披着藓衣的干树枝、黄绿色的藓苔和有些地方冒出嫩芽的青草上，爬满了蚂蚁。这些蚂蚁一只跟着一只，在自己开辟的平坦小路上奔忙，有的拖着重载，有的空着身子。我拾起一根干树枝，挡住它们的去路。真好看，有的不怕危险，从树枝下面爬过去；也有的由上面爬过去；可是有些，特别是那些拖着东西的，十分慌乱，不知怎么办才好：它们停下来找寻出路，要不就退回去，或者顺着干树枝爬到我的手上，看来，它们打算爬进我的短上衣的袖筒里去。一只非常迷人的黄蝴蝶在我面前翩翩飞舞，把我的心思从这种有趣的观察上吸引开。我刚一注意它，它就飞得离我有两三步远，在一朵差不多凋谢了的野生白苜蓿花上绕了几圈，就落在上面。我不知道它是被太阳晒暖了呢，还是因为吮吸了苜蓿花汁，只见它显出非常满意的样子，有时鼓动一下小翅膀，紧偎着那朵花，最后一动也不动了。我把头枕在两只手上，津津有味地观察着它。

热兰突然吠叫起来，猛地往前一冲，使我险些摔了个跟头。我回头一看，林边有一只兔子在跳跃，它的一只耳朵耷拉着，另一只耳朵竖起来。热血涌上我的头，在这一瞬间我什么都忘掉了。我拼命地叫起来，松了狗，一纵身跑过去。但是，我刚这么做，就后悔了，因为兔子蹲下把身子一纵，我就再也看不见它了。

但是，当“土耳其人”紧跟着那群一齐向林边奔来的猎狗从树丛后出现的时候，我是多么羞愧啊！他看见了我的过失（就是我没有控制住自己），轻蔑地瞪了我一眼，只说了一声：“唉，少爷！”但是，你应该听听他说这话的腔调！他还不如把我像只兔子一样吊在马鞍上，我还比这样轻松些呢。

我十分绝望地在那儿站了好久，没有唤狗，只是一个劲儿拍打着大腿念叨：

“天啊，我干了什么蠢事啊！”

我听见那群猎狗跑远了，林边发出一阵咔嚓声，捉住了一只兔子，“土耳其人”用他的大号角召唤猎狗，我却依旧动也不动……

八

游　戏

打猎结束了。在小白桦树的阴影里铺了一块地毯，大家围成一圈坐到毯子上。厨师加夫里洛踩平了他周围多汁的青草，正在擦盘子，从盒子里拿出用叶片包着的李子和桃子。阳光透过小白桦树的青枝绿叶射进来，圆圆的光点在地毯的图案上、我的腿上，甚至在加夫里洛的汗漉漉的秃顶上颤动着。一阵微风吹过树叶，吹过我的头发和出汗的脸，我感到非常凉爽。

我们坐在地毯上，吃完自己的那份冰激凌和水果，就没有事可做了，尽管夕阳还很灼人，我们仍然站起来去做游戏。

“喂，玩什么呢？”柳博奇卡在草地上蹦来蹦去，阳光照得她眯缝着眼睛，“我们来玩鲁滨逊的游戏吧！”

“不……没意思，”沃洛佳说，他懒洋洋地倒在草地上，嚼着草叶，“老玩鲁滨逊！如果一定要玩，我们顶好还是搭小亭子。”

沃洛佳分明是在摆架子：想必是因为他曾经骑过猎马，心里很得意，于是装出非常疲倦的样子。也可能是，他太理智，太缺乏想象力了，因而完全不欣赏鲁滨逊这种游戏。这种游戏是表演 *Robinson Suisse*[①]中的场面，不久以前我们看过这本书。

① 法语：《瑞士鲁滨逊一家》。这是瑞士作家约翰·戴维·威斯（1743—1818）著的一部儿童惊险小说，一八一二年出版。该书模仿《鲁滨逊飘流记》，描写一个瑞士家庭在太平洋船只失事，幸免于难，流落到遥远的荒岛上。书中主要人物都是儿童。这部作品曾被译成多种文字，一直深受读者喜爱。

“哦，请来玩吧……你为什么不愿意让我们得到这种乐趣呢？”姑娘们老缠着沃洛佳，“你可以扮演查尔斯，或者欧内斯特，或者父亲，[①]随你挑，好不好？”卡坚卡说，拽住他的衣袖，想把他从地上拉起来。

“我真不愿意玩，太无聊了！”沃洛佳说，伸伸懒腰，同时自负地笑了笑。

“如果谁也不想玩，那还不如待在家里好呢。”柳博奇卡眼泪汪汪地嘟囔说。

她是一个爱哭的孩子。

“哦，来玩吧，请你千万不要哭，我可受不了！”

沃洛佳那份屈尊迁就的态度并没有给我们什么乐趣；相反，他那副懒洋洋的、不耐烦的神气把游戏的全部魅力都破坏了。当我们坐到地上，想象我们是坐着船去钓鱼，拼命开始划桨的时候，沃洛佳却袖手坐在一边，神气根本不像个渔夫。我向他指出了这一点。但是他回答说，我们不论动不动胳膊，都不会因此有所得失，反正我们是走不远的。我不能不同意他这种看法。当我扛着一根棍子向树林走去，想象自己是在去打猎的时

① 以上都是书中人物。

候，沃洛佳却仰面朝天躺下来，把手枕到脑袋下边，对我说，就算是他也去了。这样的言语行动使我们大为扫兴，让人极不痛快。特别是，我们心里又不能不承认沃洛佳的举动是合情合理的。

我自己也知道，不但用棍子打不死鸟雀，而且根本不能射击。这不过是游戏。如果那么想，就不能坐在椅子上当骑马了；而沃洛佳，我想，他自己也记得，在漫长的冬夜里，我们曾把头巾盖在安乐椅上，拿它当四轮马车。一个人坐在前面当车夫，另一个人在后面当仆人，姑娘们坐在中间，三把椅子当作三匹马，于是我们就出发了。一路上经历了多少好玩的事情啊！那些冬夜过得多么愉快，多么快呀！……若是认真，就没有游戏了。要是没有游戏，那还有什么呢？……

九

似乎是初恋

柳博奇卡装作从树上摘一种美国水果的样子，她揪下的一片树叶上有一条大毛毛虫，她吓得把它扔到地上，举起双手跳到一旁，好像害怕里边会蹿出什么东西似的。游戏停止了。我们都伏在地上，头凑在一起，观察这个稀奇的东西。

我从卡坚卡的肩头望过去，她把一片叶子放在毛毛虫爬行的路上，想把它拾起来。

我注意到，好多姑娘都有耸肩膀的习惯，想用这种动作调整一下滑下肩头的开领衣裳。我还记得，米米看见这种动作总是很生气，说："C' est un geste de femme de chambre."[①]卡坚卡伏在毛毛虫上面时，就做了这种动作，同时一阵清风吹起她围在脖颈上的小围巾。她做这个动作的时候，她的肩膀离我的嘴唇只有两指远。我不再瞧毛毛虫了，看着看着，我就使劲吻了吻卡坚卡的肩头。她没有回过头来，但是我觉察到，她的脖颈和耳朵都红了。沃洛佳头也没抬，轻蔑地说：

"这算什么柔情呀？"

我的眼里涌出了泪水。

我目不转睛地望着卡坚卡。我早就看惯了她那金发下面娇

① 法语：这是使女的姿势。

艳的小脸蛋，总是很喜欢它；现在我越仔细观察，就越喜欢它。我们回到大人们那里的时候，使我们大为高兴的是，爸爸宣布说，由于妈妈的请求，我们推迟到明天早晨才动身。

我们骑着马跟着马车一起回去。沃洛佳和我想在骑术和胆量上比个高低，在马车旁边大显身手。我的影子比以前长了些，根据影子来判断，我想象我具有十分漂亮的骑手的姿态；但是我体验到的这种自我欣赏的心情，不久就被下面一桩事故破坏了。我为了要迷住坐在马车里所有的人，就落后一点，然后鞭打脚踢，策马前进，摆出从容而优雅的姿势，想要像一阵旋风似的从卡坚卡坐的马车那边冲过去。只是我不知道，究竟是不声不响地疾驰过去好呢，还是大喊一声的好。但是，我那匹可恶的马在和拉着车的马齐头并进的时候，任凭我怎么努力，还是停了下来，而且停得那么突然，使我从马鞍上滑到马颈上，险些摔下去。

十

我父亲是怎样一个人

他是上一世纪的人，具有那个世纪年轻人所共有的那种难以捉摸的侠义精神、富于进取心、过于自信、待人宽厚和耽于酒色的性格。他看不起我们这个世纪的人，这一方面是由于他天生的骄傲，一方面是因为他恼怒在我们这个时代得不到像在他那个时代的权势和成就。他生平的两大嗜好是打牌和女人；他一生中赢过几百万卢布，同数不清的、各个阶层的女人发生过关系。

他身材魁伟，体格端正，走路时迈着奇特的小步子，爱耸一边的肩膀，小眼睛里永远含着笑意，大鹰钩鼻子，线条不端正的嘴唇仿佛不好意思地、却很惬意地抿着，发音有缺陷，有点咬舌，头顶秃得厉害，我所能追忆得起的我父亲的外表，就是这些。凭着这副仪表，他不仅能够出名，而且还是 à bonnes for tunes[①]的人，不论哪个阶层、哪种地位的人，毫无例外地都喜欢他，特别是那些他想取悦的人。

不论他同什么人交往，他都知道怎样占上风。他从来不是最上层社会里的人，但是他却经常同这个阶层的人物交往，而且博得他们的尊敬。他极其骄傲和自信，他既不得罪别人，又

① 法语：走运的。

在舆论中提高自己的声誉。他富于独创性，但并非总是这样，他用自己的创见作为换取社会名誉地位或者金银财富的手段。在他看来，世界上什么都不足为奇：不论他的地位多么显赫，他都觉得那是命中注定。他非常善于避而不提和摆脱人所共知的、充满小小的烦恼和悲伤的生活的阴暗面，使人不能不羡慕他。对于能够获得舒适和享受的一切事情，他是行家，而且很会享用它们。他最得意的是同达官要人来往，这部分是通过我母亲的亲戚，部分是通过他童年时代的伴侣，他心里对这些人很愤慨，因为他们的官衔远远超过他，而他始终是一个退伍的近卫军中尉。他，像所有的退伍军人一样，不知道怎样穿着入时；不过，他的打扮却很独特而优美。他总穿着十分宽大轻便的衣服，翻领卷袖的漂亮衬衫……不论他穿什么，都很适合他那魁梧的身材、强壮的体格、秃头和沉着而自信的动作。他多情善感，甚至好掉眼泪。时常，在朗诵的时候，当他读到动人的地方，他的声音就颤抖起来，眼泪汪汪，于是就难受地把书放下。他爱好音乐，自己弹钢琴伴奏，唱他的朋友A某所作的浪漫曲、茨冈曲，或者歌剧中的一些曲子；但是他不喜欢古典音乐，不顾公论，公然说贝多芬的奏鸣曲使他昏昏欲睡，兴味索然，他认为再也没有比谢苗诺娃[1]所唱的《不要唤醒我的青春》，或者茨冈女郎塔纽莎唱的《我不孤独》更美妙的东西。他生就那么一种性格，认为好东西必须群众公认。群众公认是好的，他才认为好。天知道他是否有什么道德信念！他一生吃喝玩乐，以致没有时间形成自己的信念，再加上，他在生活中那么走运，使他认为信念是不必要的。

上了年纪，他对事物形成了固定的看法和一定之规，但是一切都建立在实用的基础上。凡是给予他幸福或乐趣的行动和生活方式，他就认为是好的，而且认为，人人都应该经常依此行事。他说话娓娓动听，而这种本领，在我看来，给他的准则增添了灵活性：他能够把同一个行为说成是最可爱的戏谑行为或者说成是卑鄙无耻的行径。

① 谢苗诺娃（1787—1876），俄国著名女歌剧歌唱家。

十一

书房和客厅里的活动

我们到家的时候，已经暮色苍茫了。maman 在钢琴旁边坐下，而我们这群孩子则拿来纸、笔和颜料，坐在圆桌旁边画画。我只有蓝颜料，尽管如此，我还是想描绘打猎的情景。我栩栩如生地画了个骑着蓝马、穿着蓝衣服的男孩和一群蓝狗，我拿不准是不是可以画一只蓝兔子，于是跑到爸爸的书房里去商量。爸爸正在看书。他听我问“是不是有蓝兔子”，连头也没抬，就回答说："有，亲爱的，有。”我回到圆桌旁边，画了只蓝兔子，以后又感到应该把蓝兔子改画成灌木丛。灌木丛我也不喜欢，我就把它改画成一棵树，又把树改画成一个大干草垛，把大干草垛改画成云彩，结果整张纸被蓝颜料抹得一塌糊涂，我很不高兴地把画撕碎了，就坐到高背安乐椅上打起瞌睡来。

maman 在弹她的教师菲尔德[①]的《第二协奏曲》。我在打瞌睡，在我的想象中出现了一些轻快、明朗、晶莹的回忆。她开始弹奏贝多芬的《悲怆奏鸣曲》，于是我回忆起一件令人感伤、压抑的凄惨事情。maman 常常弹这两支曲子，因此我清清楚楚地记得它们在我心中唤起的情绪。这种情绪很像回忆；但是什么回忆呢？仿佛在追忆一种从未有过的事情。

① 菲尔德（1782—1837），英国著名作曲家。一八〇四年至一八三一年住在彼得堡，在贵族家里教授音乐课。晚年住在莫斯科，在那里逝世。

我对面是书房的门，我看见雅科夫和另外一些穿着长衣、留着大胡子的人走进去。那扇门随手就关上了。“哦，活动开始了！”我想道。在我看来，世界上再也不可能有比书房里所做的那些事情更为重要的了。由于大家一走到书房门前通常总是悄悄地讲话，踮起脚走路，更加强了我的这种想法；同时从那里传出爸爸响亮的声音和雪茄烟味，不知怎地，雪茄烟味总是非常吸引我。蒙眬中，仆役室里发出的一阵十分熟悉的靴子的咯吱声突然把我惊醒。卡尔·伊万内奇手里拿着一些字条，踮着脚，但是却带着忧郁而坚决的神色走到门口，轻轻敲了敲门。让他进去以后，门又砰地关上了。

“但愿别发生什么不幸的事，”我心里想，“卡尔·伊万内奇很生气：他豁出去了……”

我又蒙眬欲睡了。

不过，并没有发生什么不幸的事情。一点钟以后，我又被那双靴子的咯吱声惊醒。卡尔·伊万内奇用手帕擦着眼泪（我看见他脸上有泪痕）走出书房，嘴里嘟囔着什么，走上楼去。爸爸随着他出来，走进客厅。

“你知道，我刚才做了什么决定？”他声调快活地说，把一只手搭在 maman 肩上。

“什么，亲爱的？”

“我把卡尔·伊万内奇和孩子们一起带走。马车里有空。他们和他处惯了，他好像真的舍不得他们；一年七百卢布也算不了什么，et puis au fond c’est un très bon diable.”①

我一点也不明白爸爸为什么要骂卡尔·伊万内奇。

“为了孩子们，为了他，我很高兴。”maman说，“他是个好老头。”

“你要是看到，当我要他把这五百卢布当作礼物收下来的时候他深受感动的情形就好了……但是我觉得最有意思的是他拿给我的这张账单。这真该瞧一瞧，”他笑了笑补充说，一边把卡尔·伊万内奇亲笔写的字条递给她，“简直妙极了！”

这就是字条的内容：

送给孩子们两根钓鱼竿　　七十戈比

彩色纸、金边、浆糊和木块，糊盒子作礼物用　　六卢布五十五戈比

① 法语：再说，他实在是个很好的家伙。“diable”的意思是“鬼”，“bon diable”的意思是“很好的家伙”，因此小主人公误认为爸爸在骂卡尔·伊万内奇。——译者注

书和弹弓　　送给孩子们的礼物　　八卢布十六戈比

送给尼古拉一条裤子　　四卢布

彼得·亚历山德雷奇答应在一八××年从莫斯科带来一只金表　　一百四十卢布

扣去薪水，卡尔·毛厄尔应得的总额　　一百五十九卢布七十九戈比

任何人看到这张字条——上面开列着卡尔·伊万内奇要求偿还他送礼花费的全部金钱，甚至偿还答应送给他的礼物——就认为卡尔·伊万内奇只不过是一个冷酷无情、贪得无厌、自私自利的家伙，那就错了。

他手里拿着字条，打好发言的腹稿，一走进书房，就打算口若悬河地对我爸爸说明他在我们家里受到的一切委屈；但是当他开始用他平常让我们默写时那种动人的声音和感伤的腔调讲话时，他的口才在他自己身上发生了最强烈的作用；因此，他一说到“离开孩子们将会使我很伤心”时，他就语无伦次了，他的声音颤抖起来，他不得不从口袋里掏出那块方格手帕。

“是的，彼得·亚历山德雷奇，”他噙着眼泪说（在他准备好的腹稿上根本没有这些话），“我和孩子们相处惯了，没有他

们，我简直不知道怎么办才好。”他又补充说，“我宁愿不拿薪水替您效劳。”然后，他一只手抹眼泪，另一只手把账单递过去。

卡尔·伊万内奇当时说的是真心话，这一点我敢肯定，因为我知道他的心肠很好；但是，这张账单和他的话怎么协调起来，在我始终是个谜。

“如果您觉得伤心，那么和您分开我就更觉得伤心了，”爸爸说，拍拍他的肩膀，“我现在改变主意了。”

晚饭前不久，格里沙走进屋来，从他一走进我们家，他就不断地唉声叹气，流眼泪，按照那些相信他的预言本事的人看来，这是我们家要遭到某种不幸的预兆。他开始告别，说明天早晨就要赶路。我对沃洛佳使了个眼色，就走出屋去。

“干什么？”

“如果你们想看看格里沙的铁链，我们就立刻到楼上男仆们的房间里去。格里沙住第二个房间，我们可以舒舒服服地坐在贮藏室里，一切都看得到。”

“妙极了！你在这儿等着，我去叫姑娘们。”

姑娘们跑来了，于是我们上楼去。我们争论了一番，才决定谁先走进那间阴暗的贮藏室，我们坐下来等待着。

十二

格里沙

在黑暗中，我们都觉得很害怕；我们彼此紧紧地挤在一起，一句话也不说。格里沙几乎紧跟着我们悄悄地走了进来。他一只手拄着拐杖，另一只手拿着插在黄铜烛台上的脂油蜡烛。我们连气都不敢出。

“基督耶稣救世主！至圣的圣母！向圣父、圣子、圣灵……”他喘着气，不住地念叨着说，用的是只有常常翻来覆去讲这些话的人才特有的各种各样的声调和略语。

他一边祷告，一边把拐杖在屋角放好，看了看床，就动手脱衣服。他解开破旧的黑腰带，慢条斯理地脱掉褴褛的黄色土布上衣，仔细折好，搭在椅背上。他的脸上现在已经没有平时那种慌张而愚蠢的神情；相反的，他很镇静，若有所思，甚至显得很威严的样子。他的举动缓慢而稳重。

只剩下一件衬衣的时候，他慢吞吞地坐到床上，朝四面八方都画了十字，然后用力（这从他皱紧的眉头上可以看出来）整理了一下他的衬衣下的铁链。他静坐了一会儿，仔细查看了一下他那破了好几处的衬衣，随后他就站起来，祷告着把蜡烛举到神龛那么高，龛里摆着几尊圣像，他对着圣像画了十字，就把蜡烛翻过来，让火苗冲下，蜡烛爆了一下，就熄灭了。

将圆的月亮照进面向树林的窗户。苦行者的长长的白色身影一边被皎洁的银辉照耀着，另一边形成阴影；这阴影同窗框的影子连成一片，投到地板上、墙壁上，一直达到天花板。守夜人在外边敲着铁板。

格里沙把两只大手交叉在胸口，低着头，不住地深深叹息着，默默地站在圣像前面，然后费力地跪下去，开始祈祷。

最初他轻轻地念着人所周知的祷文，只强调一下某些字句，随后他又反复背诵，但是更加响亮，更带劲。后来他开始用自己的话祷告，挖空心思地想用古斯拉夫语来表达自己的心情。他语无伦次，但是很令人感动。他为自己所有的施主（他这样称呼那些接待他的人）祈祷，其中也有我的母亲和我们；他也为他自己祈祷，请求上帝饶恕他的重大罪孽。他反复地说："主啊，饶恕我的敌人们吧！"他累得呼哧呼哧地站起来，三番五次地老说那一套话，然后不顾铁链的重量，伏在地上又站起来，铁链碰到地板，就发出刚劲刺耳的响声。

沃洛佳使劲在我的大腿上掐了一把，掐得我很疼；但是我连头都没有回，只用手揉了揉那个痛处，就带着孩子气的惊奇、怜悯和敬仰的心情，继续注意格里沙的一举一动和一言一语。

丝毫没有我走进贮藏室时期待的快乐和欢笑，我感到战栗和揪心。

格里沙还久久处在这种宗教狂热的状态中，即兴地编了些祈祷文。他时而一连串地重复好几遍："主啊，慈悲慈悲吧！"但是每次都用新的语气和表情；时而说："饶恕我吧，主啊，教导我怎么做……教导我怎么做，主啊！"说得好像他希望马上得到答复一样；有时只听见凄惨的痛哭声……他跪着稍微抬起身子，把双手交叉在胸口，一声不响了。

我悄悄地从门里探出头去，屏息静气。格里沙动也不动；他的胸膛里发出沉重的叹息声；月光照着他那只失明的眼睛，暗淡无光的瞳仁含着泪水。

"您的旨意会实现的！"他带着难以模拟的表情突然大叫一声，把额头俯在地上，像小孩一样呜咽起来。

从那时起，多少岁月流逝了，多少往事的回忆对我失去了意义，化作模糊的梦，就连巡礼者格里沙也早已完成了他的最后一次朝拜；但是，他给我的印象和他所引起的情绪，在我的脑海里却永远也不会消逝。

噢，伟大的基督徒格里沙！你的信心是那么坚定，使你感到了上帝的临近；你的爱是那么强烈，话语会自动地从你的嘴里流出来——你并不是用理智来检验它们……当你找不到言语来表达，倒在地上哭泣的时候，你献给至尊的又是多么崇高的颂词……

我倾听格里沙的话时怀着的那种感动心情并未能持续多久：首先，因为我的好奇心得到了满足；其次，因为在一个地方坐得太久，我的腿麻了，而且很想参加到在我后面的漆黑的贮藏室里的全体的低语声和骚动中去。有人拉住我的手，耳语说："这是谁的手？"贮藏室里一片漆黑，但是单凭接触和我耳边的私语声，我立刻分辨出这是卡坚卡。

我完全无意识地握住她那从短袖下面裸露出来的臂肘，把嘴唇贴上去。这种举动大概使卡坚卡大吃一惊，于是她把胳膊缩回去；她这一缩把摆在贮藏室里的一把破椅子碰倒了。格里沙抬起头来，慢慢地四下张望，一边念祈祷文，一边朝房间的各个角落画十字。我们低语着，闹嚷嚷地跑出了贮藏室。

十三

娜塔利娅·萨维什娜

上一世纪中叶，在哈巴罗夫卡村的院落里，经常有一个穿粗布衣服，光着脚，但是快快活活的，红脸蛋的胖姑娘娜塔什卡[1]跑来跑去。由于她父亲，吹单簧管的萨瓦的功劳和请求，我的外祖父把她提拔上来，叫她给我外祖母当侍女。作为一个侍女，娜塔什卡性情柔顺和勤快是出名的。我母亲出生后需要一个保姆的时候，就由娜塔什卡来担负这个职务。在这个新的岗位上，她以自己的工作、忠诚和对小女主人的爱护而博得了称赞和奖赏。不过，工作上同娜塔利娅经常来往的聪明伶俐的年轻仆人福卡，却以涂着发粉的头，用吊带的袜子迷惑住了她那颗粗野但是多情的心。她甚至鼓起勇气亲自去请求我外祖父准许她嫁给福卡。外祖父把她的愿望看成忘恩负义。他勃然大怒，把可怜的娜塔利娅遣送到草原村庄的畜牧场上作为惩罚。但是谁也代替不了娜塔利娅，过了六个月，就又把她叫回来恢复原职。她穿着粗布衣服从流放中回来，走到外祖父跟前，跪在他脚下，请求他依旧宽待她，照顾她，忘掉曾经使她着魔的那种糊涂念头，她发誓决不故态复萌。而她也真的没有食言。

从那时起，娜塔什卡就成了娜塔利娅·萨维什娜，并且戴

① 娜塔什卡是娜塔利娅的爱称。

上了包发帽[①]；她把心中蕴藏的全部爱情都转移到她照料的小姐身上。

当一个家庭女教师在我母亲身边代替了她的位置时，就把贮藏室的钥匙交给了她，内衣、桌布之类和所有的食品全归她掌管。她用同样的勤勉和热情完成了这些新任务。她全心全意地照管主人的财产；处处都发现有浪费、损坏和盗窃行为，于是千方百计地来防止。

maman 结婚时，为了答谢娜塔利娅·萨维什娜二十年的劳苦和忠诚，妈妈把她叫进自己的房间，大大地夸奖了她，向她表示了自己对她的满心感激和热爱，然后交给她一张印花纸，上面写着“给娜塔利娅·萨维什娜的解放证[②]”。并且说，不论她是否继续在我们家当差，她每年总有三百卢布的养老金。娜塔利娅·萨维什娜一声不响地听完这一切，然后就拿起那张文件，恶狠狠地望了它一眼，从牙缝里嘟囔了几句什么，就跑出屋去，砰的一声把房门关上。maman 不明白这种奇怪举动的来由，过了一会儿走进娜塔利娅·萨维什娜的房间。只见她噙着眼泪坐在箱子上，用手指紧捏着手帕，目不转睛地瞅着散落

① 旧俄时代婢女都包头巾，戴包发帽表示抬高她的身份。
② 指帝俄时代发给农奴的解放证。

在她面前地板上的、撕成碎片的解放证。

“你怎么啦，亲爱的娜塔利娅·萨维什娜？”maman 拉住她的手问道。

“没有什么，亲爱的小姐，”她回答说，“想必是我有什么地方触怒了您，所以您要把我赶走……好吧，我就走。”

她抽回手去，几乎忍不住落下泪来，就要走出屋去。maman 把她拦住，拥抱她，她们两个都放声大哭起来。

从我记事的时候起，我就记得娜塔利娅·萨维什娜，记得她的热情和爱抚；但是，直到现在我才懂得珍视这些，而在当时，我从来没有考虑过这位老妇人是个多么难得的可贵的人。她不但从来不提自己，而且好像从来没有想到过自己；她一生都怀着慈爱和自我牺牲精神。我已经习惯了她对我们那种无私的、温存的爱，甚至想象不出会是另外一种样子。我一点也不感激她，自己从来也没有思考过这样的问题：“她幸福吗？她满意吗？”

我时常借口有要紧的事逃学，到她的房间里去，坐下来，诉说自己的梦想，在她面前丝毫也不拘束。她总是忙碌着，不是织袜子，或是在她的房间里摆满的箱子里乱翻，就是登记衬衣、桌布之类，一面听我胡言乱语，像“那么，等我当了将军，我就娶一个绝色的美人，给自己买一匹赤骝马，盖一幢玻璃房子，写信到萨克森去，把卡尔·伊万内奇的亲属召来”等等，她连连地说：“是的，我的宝贝，是的。”通常，当我站起来要走的时候，她就打开一只浅蓝色的箱子，我现在还记得箱盖里面贴着一张骠骑兵的彩色像、一张从生发油瓶上揭下来的画，还有一张沃洛佳画的画，她从这口箱子里拿出一块香点上，挥一挥，说：“这个，我的宝贝，还是奥恰科夫的香哩。还是你故去的外祖父——但愿他在天国安宁——去打土耳其人的时候，从那里带回来的。“这是最后一块了。”她叹了口气补充说。

她的房里摆满了箱子，简直是万宝囊。平时不管需要什么，人们总是说：“得找娜塔利娅·萨维什娜去要。”真的，她翻腾了一会儿，就会找到人家需要的东西，并且说：“幸亏我收藏起来了。”这些箱子里有成千上万件物品，这些东西，除了她，家里谁也不知道，谁也不关心。

有一次我生了她的气。事情是这样的。吃午饭的时候，我替自己倒了一杯克瓦斯①，不小心碰倒玻璃杯，把克瓦斯泼到

① 一种由裸麦或面包屑酿成的清凉饮料。

桌布上了。

“把娜塔利娅·萨维什娜叫来，让她欣赏欣赏她的宝贝干的好事吧！”maman 说。

娜塔利娅·萨维什娜走进来，看见我洒的一摊水，就摇摇头。随后 maman 在她耳边嘀咕了一句什么，用手指对我威吓了一下，就走出屋去了。

午饭后，我兴高采烈、蹦蹦跳跳地到大厅里去，娜塔利娅·萨维什娜冷不防从门背后跳出来，一只手拿着桌布，一只手捉住我，尽管我拼命反抗，她还是用那块湿桌布揉擦我的脸，一边说：“不要弄脏桌布！不要弄脏桌布！”我感到非常委屈，气得号啕大哭起来。

“怎么！”我自言自语，在大厅里走来走去，哽咽得上气不接下气，“娜塔利娅·萨维什娜，不过是娜塔利娅罢了，居然对我称你，还用湿桌布打我的脸，好像我是个小奴才似的。不，这太可怕了！”

娜塔利娅·萨维什娜看见我伤心地哭起来，就立刻跑开了，于是我继续走来走去，盘算着怎样报复那个没有礼貌的娜塔利娅使我受到的侮辱。

过了一会儿，娜塔利娅·萨维什娜回来了，畏畏缩缩地走到我跟前，开始安慰我说：

“得了，我的宝贝，别哭了……原谅我这个傻瓜……我做错了……不过，您原谅我吧，我的亲爱的……这是给您的……”

她从手帕下面掏出一个红纸卷，里面有两块糖和一个干无花果，用颤抖的手递给我。我没有勇气看那仁慈的老妇人的脸；我扭过身子，接了她的礼物，我的眼泪流得更多了，不过，这已经不是由于愤怒，而是由于爱和羞愧。

十四

离别

在我上面所写的那些事发生的第二天上午十一点多钟，一辆装有弹簧的四轮马车和一辆小四轮马车停在大门口。尼古拉是上路的打扮，就是说，把裤腿塞到靴子里，把旧礼服用腰带紧紧地束起来。他站在四轮马车里，把外套和靠垫铺到座位上；他觉得太高，于是坐到靠垫上，不住地跳动着，把它们压下去。

“看在老天爷分上，尼古拉·德米特里奇，把主人的小匣子放在您那边行不行？”爸爸的仆人喘吁吁地恳求着说，从装有弹簧的四轮马车里探出头来，“匣子很小……”

“你应该早些说，米海·伊万内奇。”尼古拉很快地、生气地回答说，然后用足力气把一个包裹丢在小四轮马车的车厢里。“说真的，我的脑袋本来就晕，您偏偏又来上个小匣子！”他补充了一句，推了推帽子，擦掉被太阳晒黑的前额上的大汗珠。

家里的男仆都光着头，穿着常礼服、普通长衣，或者衬衣；妇女们穿着粗布衣服，头上包着条纹头巾，怀里抱着婴儿；还有赤脚的孩子们，都站在门口，望着马车，彼此交谈着。有一个车夫是个驼背的老头儿，戴着暖帽，穿着厚呢上衣，扶着马车的辕杆，摸弄着它，仔细打量着车轴。另外一个是漂亮的小伙子，穿着腋下有红布镶条的白衬衫，他搔着卷曲的金发，把圆锥形的黑毡帽一会儿推到这只耳朵上，一会儿推到另一只耳朵上；他把厚呢上衣放在驭台上，把缰绳也扔上去，他不时用他那编制的小鞭轻轻地抽打一下，一会儿望望自己的靴子，一会儿望望给小四轮马车涂油的车夫。有一个车夫使劲托着车子；另一个俯在车轮上，正仔细往车轴和车毂上涂油，为了不浪费留在刷子上的润滑油，甚至就把它涂在车轮边上。几匹毛色不同、疲惫无力的驿马站在篱笆旁边，用尾巴驱拂着苍蝇。它们有的伸出毛茸茸的肿了的腿，眯缝着眼睛打瞌睡；有的因为无聊，就互相搔痒，或者咀嚼长在台阶旁边的粗糙的、暗绿色的羊齿植物的叶子和草茎。几条狼狗，有的卧在阳光下沉重地喘着气，有的走到两辆马车的阴影里，舐车轴上涂的油。空气中充满了灰蒙蒙的尘雾，地平线上呈现一片紫灰色，天空却没有一片乌云。一阵猛烈的西风从大路上和田野里卷起一股股尘土，吹弯了花园里高大的菩提树和白桦树的树梢，把枯黄的落叶刮到远处去。我坐在窗口，急不可耐地等待着一切准备停当。

当大家坐在客厅里，围着圆桌共同消磨最后几分钟的时候，我根本没有想到我们将要面临多么悲惨的时刻。最最无聊的念头掠过我的脑际。我暗自思量，不知哪个车夫赶小四轮马车，哪个车夫赶装着弹簧的马车？谁跟着爸爸，谁跟着卡尔·伊万内奇？他们为什么一定要我围上围巾，穿上棉袄呢？

“难道我是个娇宝贝？我大概不会冻死。但愿这一切赶快弄好，就可以坐上车走啦！”

“请吩咐一声，我把孩子们的衣服清单交给谁呀？”娜塔利娅·萨维什娜含着泪，拿着一张字条走进来，对妈妈说。

“交给尼古拉，然后就同孩子们告别吧。”

老妇人想说什么，但是突然停住不响了，用手帕捂住脸，挥了挥手，就走出屋去。我看见这个举动，感到有些心酸，但是急着上路的心情比这种情绪更强烈，我仍旧漫不经心地听着爸爸和妈妈谈话。他们在谈论分明双方都不感兴趣的问题：给家里买什么？对索菲公爵小姐和朱利夫人讲些什么？路好不好走？

福卡走进来，站在门口，恰恰像他平时报告“饭准备好了！”的腔调一样，说了声：“马套好了！”我发觉，妈妈一听见这个消息就哆嗦了一下，脸色苍白，好像出乎她意料似的。

吩咐福卡关上那个房间所有的门。这使我觉得很有趣，“好像大家在躲着什么人似的！”

大家都坐下来，[1]福卡也挨着椅子边坐下；但是他刚一坐下，

① 这是俄罗斯的风俗，出门以前家里人都聚在一起，默坐一会儿，以祝远行的人一路平安。

门就吱呀响了一声，于是大家都回头看了看。娜塔利娅·萨维什娜匆匆忙忙走进屋来，眼睛抬也不抬，就在门边同福卡坐在一张椅子上。我现在好像还看见福卡的秃头，他那布满皱纹的、呆板的面孔和那个戴着包发帽，从帽下露出白发的慈祥老妇人的驼背身姿。他们挤着坐在一张椅子上，两人都很局促不安。

我仍旧漠不关心，而且急不可耐。我觉得，关上门静坐的这十秒钟简直好像是整整一个钟头。最后大家终于都站起来，画了十字，开始告别。爸爸搂住 maman，吻了她好几次。

“好了，我心爱的人！”爸爸说，“我们并不是永别呀！”

“终归是很伤心的！”maman 说，因为含着泪，她的声音都发颤了。

我一听见这种声音，一看见她那抖动的嘴唇和含满泪水的眼睛，一切就都忘到九霄云外，我感到非常悲哀、痛苦和可怕，我真想跑掉，不愿和她告别。我这一瞬间才明白，她拥抱爸爸，也就是和我们告别了。

她吻了沃洛佳那么多次，在他身上画了那么多次十字，我以为现在该轮到我了，于是就钻到前面去；但是，她一次又一次地替他祝福，把他紧紧抱在怀里。最后我搂住她，恋恋不舍地依偎着她，哭了又哭，什么都不想，只想着我的伤心事。

我们要上马车的时候，令人讨厌的仆人们在前厅里同我们告别。他们所说的“让我吻吻您的手”，他们印在我肩膀上的响吻[①]和他们头上的油脂气味，在我心中唤起一种近似容易激动的人所感到的伤心的心情。在这种心情的支配下，当娜塔利娅·萨维什娜泪流满面向我告别的时候，我非常冷淡地吻了吻她的包发帽。

奇怪的是，我现在好像还看到所有仆人的面孔，而且能够细致入微地描绘出来；但是 maman 的容貌和姿态我却完全忘记了，也许这是因为我一直都鼓不起勇气来看她一眼。我觉得，如果我这么做，我和她的悲哀就会达到难以忍受的地步。

我抢先跑上装着弹簧的四轮马车，坐在后座上。撑起的车篷使我看不见任何东西，但是我的本能告诉我，maman 还在马车旁边。

“我要不要再看看她？……是的，最后一次！”我自言自语地说着，从马车里探出头朝台阶望去。这时候，maman 怀着同样的想法从马车的另一边走来，呼唤我的名字。听见她在身后叫我的声音，我就转过身来，但是由于转得太快，结果我们

① 俄罗斯风俗，仆人吻主人的肩表示感谢。

的头撞在一起了。她苦笑了一下，最后又非常、非常热烈地吻了我一次。

我们走了几俄丈①的时候，我决定再看她一眼。一阵风吹起她头上那块小小的蓝头巾；她低着头，双手捂着脸，慢慢地走上台阶。福卡扶着她。

爸爸坐在我身边，什么也没有说；我哭得喘不上气来，我的嗓子像被什么东西哽住了，我简直害怕会闷死……上了大路，我们看见凉台上有人在挥白手帕。我开始挥我的手帕，这种动作使我平静了一点。我继续哭着；一想到我的眼泪足以证明我多情善感，就感到高兴和欣慰。

走了一俄里②光景，我坐得更舒适些，开始聚精会神地凝视眼前最近的物体——在我这边奔驰的拉边套马的臀部。我看看那匹花马怎样甩动尾巴，一只脚怎样叩打另一只，车夫的编制的马鞭怎样落到它身上，它的四脚怎样开始一齐跳动。我看见它身上的皮颈套和颈套上的铜环怎样跳动，我一直凝视到马尾附近的皮套布满汗珠为止。我开始四下环顾：观看起伏波动的成熟了的麦田，观看黑黝黝的休耕地，地里有时看得见一架

① 1俄丈合2.134米。

① 1俄里合1.06公里。

木犁、一个农民和一匹带着马驹的母马；我观看里程标，甚至瞅一眼车夫的驭台，好看看跟我们去的是哪个车夫；我脸上的泪痕还没有干，我的思绪就已经远远地离开我的妈妈，也许我要永别了的妈妈。但是，一切回忆都使我想到她。我想起前一天我在白桦林阴路上找到的蘑菇，想起柳博奇卡和卡坚卡争吵谁来采它，还想起同我们分别时她们怎样哭泣。

我舍不得离开她们！也舍不得离开娜塔利娅·萨维什娜和那条白桦林阴路，还舍不得离开福卡！连那个很凶的米米，我也舍不得离开。我全都舍不得！而可怜的妈妈呢？泪水又涌到我的眼里，但是时间并不长。

十五

童　年

幸福的、幸福的、一去不返的童年时代啊！怎能不爱惜，不珍重对童年的回忆呢？这些回忆使我精神舒爽，心情振奋，是我的无上乐趣的泉源。

跑够了，你就坐在茶桌旁那把高背的安乐椅里；时候不早了，你早就喝完了你那杯加糖的牛奶，睡意蒙眬地闭上眼睛，但是一动也不动地坐着谛听。你怎么能不听呢？maman 在同什么人谈话，她的声音是那么悦耳，那么动人。单单这声音就给我的心灵很大的启发！我用蒙眬的睡眼凝视着她的脸，她突然变得越来越小，她的脸只有纽扣那么大；但我还是看得非常清楚：我看见，她望了我一眼，微微一笑。我喜欢看见她只有这么一点点大。我把眼睛眯缝得更细一些，她变得还没有瞳仁里的小人那么大了；但是我动了一下，这种魔力就破灭了。我眯起眼睛，扭过身去，拚命想使这种现象重现，但是徒劳无益。

我站起来，连脚带腿蜷缩成一团，舒适地躺到安乐椅里。

“你又要睡着了，尼古连卡[1]，”maman 对我说，“你最好上楼去。”

“我不想睡，好妈妈。”我回答她，但是模糊而甜美的幻想

---

① 尼古连卡是尼古拉的小名。

充满我的脑际，健康的孩子的睡意使我的眼睛闭拢，转瞬就进入梦乡，一直睡到我被唤醒为止。蒙眬中我常常感到什么人温存的手抚摩我；单凭这种抚摩，我就知道是她，还在梦中我就不由自主地拉住那只手，把它紧紧地紧紧地按在嘴唇上。

所有的人都已经散去；客厅里只点着一根蜡烛；maman 说，她要亲自唤醒我；是她坐在我睡的那张椅子上，用那温柔得惊人的手抚摩着我的头发，用我听惯了的、可爱的声音在我耳边说：

“起来，我的宝贝，该去睡了。”

没有任何人的冷淡的眼光会使她拘束：她不怕把她的全部温柔和慈爱倾注到我身上。我动也不动，只是更加热烈地吻她的手。

“起来，我的好宝贝！”

她用另外一只手托住我的脖子，她的手指迅速地动着，搔着我。房间里一片寂静，半明半暗；搔痒使我清醒，使我的神经兴奋；妈妈坐在我身边；她爱抚着我；我闻到她的香味，听到她的声音。这一切使我跳起来，双手搂住她的脖颈，把头偎在她怀里，上气不接下气地说：

“噢，亲爱的，亲爱的好妈妈，我多么爱你呀！”

她忧愁而迷人地微微一笑，双手抱住我的头，吻我的前额，让我坐在她的膝头上。

“这么说你非常爱我？”她沉默了片刻，随后说，“记住，你要永远爱我，决不要忘记我。如果妈妈不在了，你不会忘掉她吗？尼古连卡，你不会忘记吧？”

她更加温存地吻我。

“得了，别说这种话，我亲爱的妈妈，我最亲爱的妈妈！”我叫起来，吻她的膝头，泪如泉涌，这是爱和狂喜的眼泪。

在这以后，当我回到楼上，穿上小棉袄，站在圣像前，说“主啊，求你拯救我的爸爸和妈妈”时，我怀着多么奇妙的心情啊！当我重复我牙牙学语时初次为我亲爱的母亲祝福的祈祷文时，我对她的爱和对上帝的爱就奇异地交织在一起了。

祈祷以后，我往往就钻进被窝，心里觉得又轻松，又愉快，又高兴；一个梦想接着一个，但是梦想些什么呢？都很难捉摸，不过，梦里却充满了纯洁的爱和光明幸福的希望。有时我回忆起卡尔·伊万内奇和他的悲苦命运（他是我所晓得的唯一不幸的人），我那么替他难过，难过得替他掉下泪来，那么爱他，我想道：“愿上帝赐给他幸福，使我能够帮助他，减轻他的痛苦；为了他，我情愿牺牲一切。”随后，我就把我心爱的瓷玩具——

一只小兔或者一只小狗——放到鸭绒枕头角上，欣赏它那么美好、舒适而温暖地躺在那里。接着我又祈祷，求上帝赐给大家幸福，让大家都称心如意，明天散步有好天气；然后我翻个身，思绪和梦想就混成一片，脸上还带着湿漉漉的泪水，便平静而安然地进入了梦乡。

童年时代所具有的那种朝气蓬勃的精神，无忧无虑的心情，对爱的要求和信仰的力量，将来还会复返吗？当天真的喜悦和对爱的无限需求这两种至上的美德是人生唯一的愿望时，有什么时候会比它更美好呢？

那些热诚的祈祷在哪里？那最好的礼物——纯洁的感动的眼泪——在哪里呢？抚慰人的天使飞来，微笑着揩干这些眼泪，把甜蜜的梦想送到纯洁无邪的孩子的想象中。

难道生活在我的心头遗留下那样苦痛的痕迹，使那些眼泪和欢欣永远离开了我？难道留下的只是回忆？

十六

诗

我们迁到莫斯科一个来月以后，我坐在外祖母家楼上的一张大桌子旁写字；对面坐着图画老师，他正在给一幅用黑铅笔画的缠头巾的土耳其人头像进行最后加工。沃洛佳伸着脖子站在老师背后，从他的肩头望过去。这个头像是沃洛佳用黑铅笔画的第一幅作品，因为那天是外祖母的命名日，当天就要献给她。

"这儿您不再画点阴影吗？"沃洛佳对教师说，他踮着脚尖，指着土耳其人的脖颈。

"不，用不着，"老师说，把铅笔和笔套插进一只可以插笔的小匣子里，"现在很好了，您不要再动了。"他站起来，还斜眼望着那个土耳其人，补充说，"喂，您呢，尼古连卡，还是把您的秘密告诉我们吧，您送给外祖母什么礼物呀？真的，您最好也画个头像。再见吧，先生们。"他说罢，拿起帽子和票子①就走了。

当时我也认为，画个头像比我搞的东西要好些。有人对我们说，不久就是外祖母的命名日，应当准备祝贺的礼物时，我忽然想到要写一首贺诗，我立刻写了两行押韵的诗句，希望赶

① 老师每教一课领一张票，积到一定的数目，就付清一次。

快把其余的也写出来。我一点也记不起，这种对于小孩来说十分奇怪的念头怎么会钻进我的头脑里，不过我记得，我非常喜欢这个主意，人家一提到这个问题，我就回答说，我一定会送给外祖母一件礼物，但是不对任何人讲这礼物究竟是什么。

结果事与愿违，除了我一时心血来潮想出来的那两行诗，我虽然百般努力，却什么也写不出来了。我开始阅读书本里的诗句；但是德米特里耶夫[①]也好，杰尔查文[②]也好，对我都无济于事。相反的，他们使我更加相信自己的无能。知道卡尔·伊万内奇喜欢抄诗，我开始偷偷地翻他的文件，终于在一些德文诗中找到一首俄文诗，这大概出自他自己的手笔。

献给露……彼得罗夫斯卡娅夫人

一八二八年六月三日

想着我近在眼前，
想着我远在天边，

① 伊·伊·德米特里耶夫（1760—1837），俄国诗人，感伤主义的代表人物之一。
② 加·罗·杰尔查文（1743—1816），俄国卓越的诗人，古典主义的代表人物之一，普希金说："杰尔查文是俄国诗人之父。"

想着我吧，
从今天直到永远，
到我死去仍然把我想念，
我曾多么忠实地把您爱恋。

卡尔·毛厄尔作

这首诗是用秀丽而圆浑的笔迹写在一张薄薄的信纸上，诗里充满了动人的感情，我很喜欢它；我立刻就把它背熟了，决定拿它当作范本。以后写起来就容易得多了。外祖母命名日那天，我写好一首十二行的祝贺诗，于是坐在教室的书桌旁，用精美的皮纸把它誊写出来。

我已经写坏了两张纸……并不是我想改动什么，诗句我认为是非常好的；但是，在写第三行以后，每行的末尾越来越往上翘，因此，就是从远处也会看出写得歪歪扭扭，完全不行。

第三张纸上的字同前两张的一样歪斜；但是我决定不再抄了。我这首诗祝贺外祖母，希望她长命百岁，结尾是这样：

我们要尽力使您欢欣舒畅，
并且爱您，像爱自己的亲娘。

这好像很不错，但是最后一句诗使我感到出奇地刺耳。

"并且爱您，像爱自己的亲娘。"我暗自反复吟哦，"还有什么字可以代替娘字作韵脚？荡？床？……哦，这还过得去！无论如何比卡尔·伊万内奇的强。"

于是我写下了最后一行。接着我在卧室里，做着手势，怀着感情，朗诵了一下全诗。有几行完全不押韵，但是我不再推敲了；只有最后一行听起来更不顺耳，更令人不快。我坐在床上思索……

"我为什么要写像爱自己的亲娘呢？她不在这儿，因此提都不用提她。的确，我很爱戴很尊敬外祖母，不过总还不一样……我为什么这么写呢？我为什么撒谎？就算是诗吧，也不该这样呀！"

正在这时，裁缝走进来，给我们送来崭新的小燕尾服。

"哦，算了吧！"我非常不耐烦地说，很懊丧地把那首诗塞到枕头底下，就跑去试穿莫斯科的服装了。

莫斯科的服装非常好；缀着铜扣的棕色小燕尾服缝得十分合身，不像在乡下给我们做的衣服那么肥大。黑裤子也窄窄的，简直好极了，它使筋肉都显露出来，下边罩在靴子上。

"我终于也有了镶着饰带的裤子，真正的礼服裤子！"我沉思着，得意忘形了，从四面打量着自己的腿。虽然新衣服很紧，穿着很不灵便，但我却不对任何人讲这一点，反而说它非常舒适，如果说这身衣服还有什么毛病，那就是它稍微肥了一点。接着我在穿衣镜前站了好久，梳我那涂了很多生发油的头发；但是无论怎么努力，我也梳不平头顶上那绺翘起的头发。我刚要试试看它听不听话，不再用梳子往下压，它马上就竖起来，向四面翘，这给我的脸添上一副滑稽相。

卡尔·伊万内奇在另外一个房间里穿衣服，穿过教室给他拿去一件蓝色燕尾服和几件白内衣。在通楼梯的门口，传来外祖母的一个使女的声音，我出去看看她有什么事。她拿着一件浆得笔挺的胸衣，对我说是给卡尔·伊万内奇送来的，为了及时洗好，她通宵未睡。我承担了转送胸衣的使命，顺便问外祖母起来了没有。

“当然起来啦！她已经喝过咖啡。大司祭都来了。您多么漂亮呀！”她微微一笑补充说，一面打量我的新衣服。

这句评语使我脸红了，我金鸡独立地扭过身去，弹了弹指头，跳了一跳，想让她感觉到她还不十分清楚我实际上是个多么漂亮的小伙子哩。

我给卡尔·伊万内奇送去胸衣时，他已经不需要了。因为他已经穿上另一件，弯着腰，站在摆在桌上的小镜子前面，双手拿着领带的蓬松花结，试试他那剃得干干净净的下巴是否能自如地套进套出。他给我们把衣服处处都拉直，并且叫尼古拉也替他这样做了以后，就领着我们去见外祖母。想起我们三个下楼时，发出多么浓烈的生发油味，我觉得真是好笑。

卡尔·伊万内奇捧着一只他亲手制做的匣子，沃洛佳拿着他那幅画，我拿着我的诗；每个人都准备好献礼的祝词。正当卡尔·伊万内奇打开大厅的门时，神父穿上法衣，传来祈祷仪式开始的声音。

外祖母已经在大厅里了：她弯着腰，扶着椅背，站在墙边虔诚地祈祷着；爸爸站在她身边。他转过身来，见到我们匆忙把准备好的礼物藏到身后，竭力想不惹人注意地留在门口，就微微一笑。我们本来打算来个出其不意，现在全完了。

当大家都走到十字架跟前的时候，我突然感到一阵难以抑制的、令人变得傻头傻脑的羞涩，觉得再也没有勇气献上我的礼物，于是我就躲在卡尔·伊万内奇背后。他用最优美的词句向外祖母祝贺，把小匣子从右手倒换到左手，呈献给外祖母，然后朝旁边走了几步，让沃洛佳走上前去。外祖母好像很喜欢这个镶金边的匣子，用十分和蔼可亲的笑容表达了她的谢意。

可是，很显然，她不知道把这个匣子摆在哪儿才好，大概为了这个缘故，她要爸爸看看这个匣子做得多么精致。

爸爸看够了以后，就把它递给好像很喜欢这件小东西的大司祭：他摇摇头，好奇地一会儿看看匣子，一会儿看看能够做出这么精美东西的巧匠。沃洛佳献上他画的土耳其人，也博得大家的赞扬。轮到我了，外祖母含着鼓励的笑容望着我。

凡是尝过羞怯心情的滋味的人都晓得，这种心情是同时间成正比增长的，而一个人的决心却同时间成反比地减退，也就是说，羞怯心情持续越久就越难以克服，决心也就越小。

卡尔·伊万内奇和沃洛佳献礼的时候，我连最后的一点勇气和决心都失掉了，我的羞怯达到了极点：我觉得血液不住地从心里往头上涌，脸上红一阵白一阵，额头和鼻梁上出现了大颗的汗珠。我的两耳发热，浑身发抖，汗如雨下，我一会儿用左脚站着，一会儿用右脚站着，但是却没有动地方。

“喂，尼古连卡，让我们看看你带来了什么？是只匣子呢，还是一幅画？”爸爸对我说。我没有办法，只好用颤抖的手把那揉皱了的倒霉纸卷交给外祖母；但是我的声音完全不听使唤了，我一声不响地站在外祖母面前。一想到，不是他们期待的画，他们会当众宣读我那糟糕透顶的诗句，“像爱自己的亲娘”

这种足以证明我从来也不爱妈妈，而且已经把她忘了的诗句，我就心神不宁起来。外祖母开始朗诵我的诗，她因为看不清楚，念了一半就停下来，带着我当时觉得好像嘲讽的微笑瞧了爸爸一眼；她没有照着我所希望的那样去读，而且由于眼力不济，没有念完，就把那张纸递给爸爸，让他从头再念一遍。唉，此时此刻我的痛苦心情怎么来表达呢？我以为她这样做，是因为她不爱念这么拙劣的、写得歪歪扭扭的诗，是要爸爸亲自读最后那句清楚地证明我缺乏感情的诗句。我以为他会用这卷诗在我的鼻子上打一下，说："坏孩子，不要忘记你母亲……因此，你就挨一下吧！"但是根本没有发生这类事情；相反的，全诗读完了的时候，外祖母说："Charmant！①"并且吻了吻我的额头。

匣子、画和诗，都放到外祖母常坐的高背安乐椅上的活动小桌上，摆在两块麻纱手帕和画着妈妈肖像的鼻烟壶旁边。

"瓦尔瓦拉·伊利尼奇娜公爵夫人到！"通常站在外祖母马车后面的两个高大的仆人中的一个通报说。

外祖母望着玳瑁鼻烟壶上的肖像，正在沉思，没有回答。

"请她进来吗，夫人？"仆人又问道。

① 法语：好极了！

十七

科尔纳科娃公爵夫人

“请进来。”外祖母说，在安乐椅上更往后坐。

公爵夫人是个大约四十五岁的女人，身材矮小，瘦弱干瘪，满脸怨气，一双讨人厌的灰绿色小眼睛，她的眼神和那张动人得不自然的小嘴上的轮廓显然很不协调。在她那顶插着鸵鸟翎的丝绒帽子下面露出淡棕色头发，衬着她那憔悴的脸色，她的眉毛和睫毛的颜色显得更淡，更红了。虽然如此，由于她的雍容大方的举止，由于她整个脸盘出奇的消瘦，她的小手和她的整个外表还是有一种高贵和刚毅的神情。

公爵夫人滔滔不绝地讲着，按照她那爱说话的性格看来，她属于那一类人，这种人说话时总好像有人在反驳他，其实并没有人说过什么。她有时抬高嗓门，有时又渐渐压低声音，随后又忽然有声有色地讲起来，环顾着在场的、但是没有参加谈话的人，好像极力用这种眼光来激励自己似的。

虽然公爵夫人吻了外祖母的手，不住声地管她叫 ma bonne tante①，但是我发现外祖母对她并不满意。外祖母在听她讲为什么米哈伊洛公爵无论如何不能亲自前来给外祖母祝寿，虽然他满心想来的时候，似乎很特别地扬着眉毛；在用俄语回答公

① 法语：我亲爱的姑母。

爵夫人的法语时，她特别拉长了声调说：

“我非常感激您对我的关切，我的亲爱的；至于米哈伊洛公爵没有驾临，那还用说吗？……他总是有事情缠身。本来嘛，陪老太婆坐着又有什么乐趣呢？”

不容公爵夫人反驳她的话，她就又接着说：

“你们的孩子们好吗，我的亲爱的？”

“很好，感谢上帝，ma tante；他们长大了，正在读书，可是非常淘气……特别是艾蒂安，最大的那个。他变成那么一个调皮鬼，简直难以管教；可是他很聪明，un garçon，qui promet①。您可以想象，mon cousin②，”她接下去说，只对着我爸爸一个人，因为外祖母对公爵夫人的孩子们丝毫不感兴趣，只想夸耀一下自己的外孙，她小心翼翼地从匣子底下拿出我的诗，打开来，“您想想看，mon cousin，他前些天干了什么把戏呀……”

于是公爵夫人探过身来，兴致勃勃地对爸爸讲了起来。讲完我没有听清的那个故事，她就大笑起来，带着询问的神情望着爸爸的脸，说：

① 法语：是个前程远大的孩子。

② 法语：我的表哥。

“什么样的孩子呀，mon cousin？他真该挨一顿揍；但是那鬼把戏是那么聪明有趣，我只好饶了他，mon cousin。”

于是公爵夫人把眼光盯在外祖母身上，一言不发，继续微笑着。

“难道您打自己的孩子吗，我亲爱的？”外祖母问，意味深长地扬起眉毛，特别着重“打”这个字。

“啊，ma bonne tante，”公爵夫人很快地扫了爸爸一眼，就用和善的声调回答说，“我知道您对这事怎么看法，但是在这点上我同您的看法不同。尽管对这问题我曾经左思右想，看过好多书，也向人家请教过，但是我的经验使我得出结论，用恐吓来管教孩子是必要的。如果要孩子有出息，就要吓唬他……不是吗，mon cousin？还有什么，je vous demande un peu①，比树条更让孩子害怕的东西吗？”

说着她用疑问的眼光瞅了瞅我们，老实说，不知怎地，我当时心里很不舒服。

“随便怎么说，一个十二岁的小子，甚至十四岁的小子，总还是个孩子；至于姑娘们，那就是另外一回事了。”

① 法语：请问。

“幸亏我不是她的儿子。”我暗自思忖。

“是的，好极啦，我的亲爱的，”外祖母说，把我的诗卷起来，放在匣子底下，好像她认为公爵夫人说了这话以后就不配欣赏这样的作品了，“太好啦，不过请您说说，在这以后，您还怎么能要求您的孩子对您有好感呢？”

外祖母认为这个论证是不容反驳的，为了结束这场谈话，她就补充说：

“不过，在这件事上，各有各的看法。”

公爵夫人没有回答，只是宽容地笑了笑，好像以此表示，她原谅她十分尊敬的人所抱的这种怪诞的成见。

“噢，让我同你们的年轻人认识认识吧。”她说，带着温和可亲的微笑望着我们。

我们站起来，凝视着公爵夫人的脸，不知怎么来行这个见面礼。

“吻公爵夫人的手呀。”爸爸说。

“请爱你们的老姑母吧，”她说，吻着沃洛佳的头发，“虽然我是你们的远亲，但是我重视友谊关系，而不重视远近亲疏。”她补充说，主要是对外祖母讲的；但是外祖母还是不满意她，回答说：

“唉，我的亲爱的，难道如今还把这样的亲戚放在眼里吗？”

“我这个孩子会成为善于交际的年轻人。”爸爸指着沃洛佳说，“这一个是个诗人。”他补充一句说，这时恰好我在吻公爵夫人的枯干的小手，仿佛历历在目地想象着那只手里的树条，树条下面的凳子，以及诸如此类的东西。

“哪一个？”公爵夫人问，拉住我的胳膊。

“这个小的，头上竖着一撮毛的。”爸爸喜笑颜开地回答说。

“我那撮毛跟他有什么关系……难道没有别的话可讲吗？”我想道，于是向角落走去。

我对于美抱着最奇怪的概念，甚至认为卡尔·伊万内奇是世界第一美男子；但是我清清楚楚地知道，我长得不漂亮，这一点我丝毫也没有弄错，因此一提我的外表，我就感到莫大的侮辱。

我记得清清楚楚，有一次吃午饭的时候，那时我六岁，他们议论到我的外表，maman 极力要在我的脸上找出一些美的地方，说我长着聪明的眼睛，笑起来讨人喜欢，但是，最后还是对爸爸的论证和显然的事实让步，不得不承认我长得难看；后来，当我为了那顿午餐感谢她的时候，[①] 她拍拍我的脸蛋说：

① 按照俄罗斯的习惯，饭后每个人都要谢谢主人和主妇。

“记住，尼古连卡，没有人会因为你的相貌爱你；因此你要努力做个聪明的好孩子。”

这些话不仅使我确信我不是一个美男子，而且也使我相信我一定会做个聪明的好孩子。

虽然如此，我还是时常悲观失望：我想象，一个像我这样长着大鼻子、厚嘴唇和灰色小眼睛的人，在世界上是不会得到幸福的；我请求上帝创造奇迹，使我变成美男子，我情愿牺牲我现有的一切和将来可能有的一切，来换取一张好看的面孔。

十八

伊万·伊万内奇公爵

当公爵夫人听了那首诗，对作者大加赞扬的时候，外祖母的脸色变得温和了，开始同她说法语，不再称她您，而是我的亲爱的，而且请她晚上把所有的孩子都带到我们家来。公爵夫人表示同意，又坐了一会儿，就坐车走了。

那天真是宾客盈门，院子里，大门口，整个上午总有几辆马车同时停在那里。

“Bonjour，chère cousine！[①]”有一个客人走进屋，吻着外祖母的手说。

这个客人七十来岁，身材高大，穿着军装，佩着大肩章，领口下面露出一只很大的白色十字架，神色平静而坦然。他那种豪爽洒脱的举动使我很惊异。虽然他的后脑勺上只剩下稀稀拉拉的半圈头发，虽然他的上嘴唇的样子已经清楚地说明他掉了牙，但是他的相貌依旧漂亮极了。

上世纪末叶，伊万·伊万内奇由于他高尚的性格、漂亮的仪表、过人的勇气、权贵的亲戚，特别是由于他的好运气，使他还很年轻的时候就飞黄腾达起来。他继续服务，不久他就名利双收，在这方面不再有什么希求了。从小他的举止就仿佛他已准备在社交界占有后来命运给他安排的显赫地位；因此，虽

① 法语：您好，亲爱的表妹！

然在他那显赫的、有些讲究虚荣的一生中，像所有别人一样，也有过不幸、失望和悔恨，但是他从来没有改变过他那始终非常泰然自若的风度、他那崇高的思想方式、他那基本的宗教和道德原则。他赢得普遍的尊敬，并不是由于他的显赫地位，而是由于他那始终如一的言行和不屈不挠的精神。他并不太聪明，但是由于他的地位使他能看不起人生的一切虚荣，因而他的思想是崇高的。他心地善良，富于感情，但是待人接物却那么冷淡，而且有几分傲慢。这是由于他处的地位可以对许多人都有所帮助，因此他极力用冷淡的态度来自卫，来抵挡那种净想依仗他的势力的人们的不断的纠缠和花言巧语。然而，这种冷淡却由于上流社会人物的彬彬有礼的风度而冲淡了。他很有教养，博学多识；但是他的教养只是在年轻时，也就是上世纪末得到的。他读过十八世纪法国哲学和修辞学方面所有的好作品，熟谙法国文学中所有的优秀作品，因此他常常能够而且喜欢引用拉辛①、高乃依②、布瓦洛③、莫里哀④、蒙田⑤和费讷隆⑥

① 拉辛（1639—1699），法国诗人，戏剧家。
② 高乃依（1606—1684），法国诗人，戏剧家。
③ 布瓦洛（1636—1711），法国诗人，文学理论家。
④ 莫里哀（1622—1673），法国戏剧家。
⑤ 蒙田（1533—1592），法国思想家，散文家。
⑥ 费讷隆（1651—1715），法国作家，18 世纪启蒙学派早期先驱者之一。

的词句；他通晓神话学，而且根据法译本研究过古代著名史诗，颇有心得；对历史有充分的知识，这是他从塞格尔[①]那里得来的；但是除了算术而外，他对数学一无所知，对物理和现代文学更是一窍不通。在谈话中他知道怎样沉默寡言，或者对歌德、席勒和拜伦泛泛地评论几句，但是他从来没有读过他们的作品。尽管他受过这种古典的法国教育（这种类型的人现在已经如凤毛麟角了），但是他的谈吐总是平易近人的，这种单纯既掩饰了他对某些事物的无知，也表现了他的良好风度和宽容。他非常仇恨一切别出心裁的见解，说别出心裁是没有教养的人的狡猾手段。社交对于他是不可缺少的，无论他住在哪儿，在莫斯科或者在国外，他总是非常好客，在一定的日子招待全城。他在城里交游极广，人们甚至可以拿他的请帖当作进入任何客厅的出入证。许多年轻美貌的妇女心甘情愿地把红润的脸颊献给他，而他就仿佛慈父一样地吻一吻；有些显然十分重要和体面的人物在获准参加公爵的招待会时，那份高兴是难以形容的。

像外祖母这样，和他属于同一个圈子，受过同样教育，见解相同，年龄相仿的人，对公爵来说已经寥寥无几了；因此他

① 塞格尔（1780—1873），法国历史学家，外交家。

特别重视他同她的老交情，总是向她表示很大的敬意。

我目不转睛地望着公爵：大家对他表示的敬意，他的大肩章，外祖母看见他时流露出来的特别的喜悦，显然只有他一个人不怕她，同她相处十分随便，甚至胆敢称她 ma cousine，这一切使我对他怀着与对外祖母同样的敬意，如果不是更多的话。让他看我的诗的时候，他把我叫到跟前，说：

"怎么能知道呢，ma cousine，也许他会是杰尔查文第二呀！"

说着，他狠狠地捏了我的脸蛋一把，如果说我没有大叫起来，那只是因为我猜想这是爱抚的表示。

客人们散去了。爸爸和沃洛佳走出屋去；客厅里只剩下公爵、外祖母和我。

"为什么我们那可爱的娜塔利娅·尼古拉耶夫娜没有来？"停顿了片刻以后，伊万·伊万内奇公爵突然问道。

"Ah！ mon cher，"[1]外祖母压低了声音回答说，把手放在他的制服袖口上，"要是她能随心所欲的话，她一定会来的。她给我的信上说：'Pierre[2]劝她来，但是她自己不肯来，因为他们今年一年没有一点进项；'她又说：'况且，我今年用不

---

① 法语：唉！我的亲爱的。

② 法语：皮埃尔，即俄语中的彼得。

着带着全家到莫斯科来。柳博奇卡还太小，至于男孩子们，可以住在您那里，那比他们跟我在一起，我还放心哩。’这一切自然很好啰！”外祖母接下去说，她的口气清清楚楚表现出她觉得这一点也不好。“男孩子们早就应该送到这儿来，好让他们能够学点东西，习惯社交界的情况；要不然，在乡下他们能受到什么教育？……要知道，大的快十三岁，另一个十一岁了……您看看，mon cousin，他们在这里完全像野孩子……连怎么走进客厅都不会。”

“不过，我不明白，”公爵回答说，“为什么老抱怨境况不好？他有一份很大的家业，对于娜塔利娅的哈巴罗夫卡（过去你我曾在那儿演过戏），我是了若指掌的，那份领地好极了，一向有可观的收入。”

“我把您当作知己，对您讲讲吧。”外祖母带着忧伤的神情，打断他的话头说，“我觉得，这只是借口，让他可以单身住在这儿，常去俱乐部、赴宴会和干些天晓得的勾当；而她却丝毫也不怀疑。您知道她那天使一般的善良，她一切都相信他。他使她相信，孩子们应当带到莫斯科，她应当跟那个愚蠢的家庭女教师留在乡下——而她也就相信了。如果他对她讲，孩子们应当像瓦尔瓦拉·伊利尼奇娜打她的孩子们一样挨打，我想连这个她也会同意的。"外祖母说，带着十分轻蔑的神色在安乐椅上转动着。"是的，我的朋友，"她停顿了一会儿，又接下去说，拿起她那两块手帕中的一块，来擦流出来的一滴眼泪，"我时常想，他既不重视她，也不了解她，尽管她心地善良，她爱他，她极力掩饰自己的悲哀，这一点我知道得很清楚，她跟他在一起是不会幸福的。记住我的话，如果他不……"

外祖母用手帕捂住脸。

"Eh！ ma bonne amie，"①公爵用责备的口吻说，"我看，您一点也没有变得更明智，您总是自寻烦恼，为了想象出来的伤心事流泪。哦，您不难为情吗？我早就认识他了，晓得他是个殷勤周到、善于体贴的、出色的丈夫，主要的是——一个非常高尚的人，un parfait honnête homme②。"

无意中听到一场我不该听的话以后，我就踮着脚从屋里溜出去，心情非常激动。

① 法语：哎，我的好朋友！
② 法语：一个非常正派的人。

十九

伊温家的孩子们

“沃洛佳，沃洛佳！伊温家的孩子们来了！”我从窗口看到三个穿着水獭皮领蓝大衣的男孩子，就喊叫道。他们跟着一个漂亮的年轻教师，从对面的人行道向我们家走来。

伊温家的孩子们是我们的亲戚，和我们年纪相仿；我们到莫斯科不久就同他们熟识了，跟他们很合得来。

伊温家的老二，谢廖扎，是一个皮肤黝黑的鬈发男孩，长着倔强的小小的翘鼻子，十分鲜润的红嘴唇很少能完全盖住他那有点突出的洁白的上牙，深蓝色的眼睛非常漂亮，面部表情异常活泼。他从来不微笑，不是显得非常严肃，就是尽情大笑，发出一种响亮、清脆、非常动人的笑声。乍一见，他那独特的美就使我吃惊。我情不自禁地被他迷住了。看见他就足以使我高兴；有个时期，我的全副精力都集中到这种愿望上，隔三四天不见他，我就感到寂寞，忧郁得要哭。我的一切梦想，不管是醒着还是做梦，都是关于他的。临睡前，我希望梦见他；合上眼睛，我就看见他在我面前，我把这种幻想当作最大的乐趣。这种感情我不能向世上任何人吐露，我是那么珍重它。也许因为他讨厌我那不安的眼神不断地凝视他，或者只是因为他对我并没有好感，他分明更愿意跟沃洛佳玩耍和聊天，而不愿意同我在一起；尽管如此，我还是心满意足，毫无奢望，毫无所求，情愿为他牺牲一切。除了他在我心头引起的这种热情的迷恋以外，他来了还在我心中引起另一种同样强烈的情绪，那就是怕惹他不快，怕得罪他，或者使他不高兴。也许因为他脸上有一种傲慢的神情，或者因为我瞧不起自己的外表，过分重视别人美的优点，或者更确切地说，因为这是爱的必然征候，我有多么爱他，就有多么怕他。谢廖扎第一次同我讲话时，我因为受宠若惊,脸上一阵红一阵白,什么也回答不上来。他有个坏习惯，在他想心事的时候,眼睛总盯住一个地方,翘着鼻子,扬着眉毛，一个劲儿地眨眼睛。大家都觉得他的这种习惯大大有损于他的容貌，但是我却觉得这是那么可爱，不由得也养成了同样的习惯，我同他认识了几天之后，外祖母就问我是不是眼睛疼，因为我像只猫头鹰似的眨着眼睛。我们之间没有谈过一句爱慕的话；但是他感觉到他有力量控制我，于是就在我们童稚的关系上，不自觉地，但是暴虐地运用这种权力；而我，尽管渴望向他倾吐心曲，但是因为太怕他，不敢公开说出来；只装出好像不在意的样子，毫无怨言地服从他。有时我觉得他的权威太大，令人难以忍受；但是我却无力摆脱。

这种无私的、无限的、新鲜而美好的感情，没有倾吐出来，没有获得同情就破灭了，想起来真令人难过。

奇怪的是，不知为什么在我小的时候，我极力装得像个大人；而当我已经不再是小孩的时候，我又希望像个孩子。在同谢廖扎的关系上，我不愿意像个孩子，这种愿望常遏止了那种要倾诉的感情，使我变得虚假起来。我不但不敢吻他（尽管有时我非常想这样做），不敢拉他的手，也不敢讲我看见他是多么高兴，甚至也不敢叫他谢廖扎，总是叫谢尔盖[①]，这成了我们的规矩。每一种感情的流露都证明行为的幼稚，谁要犯这种过错，那他就还是个孩子。还没有尝到那种使成年人在待人接物上谨慎小心、冷酷无情的痛苦滋味，因为仅仅是出于要模仿大人的奇怪的愿望，我们就使自己失去了那种温柔的、天真眷恋的纯洁的快乐。

我在仆人房里就遇见伊温家的孩子们，向他们问好之后，就匆匆忙忙跑去通知外祖母，告诉她伊温家的人来了，我说话的口气，好像这消息一定会使她十分高兴似的。随后，就目不转睛地盯着谢廖扎，跟着他走进客厅，注视着他的一举一动。当外祖母说他长大了好多，用她那敏锐的眼光打量他的时候，我体会到那种又是害怕又是期待的心情，就像一个艺术家等待

① 谢廖扎是谢尔盖的小名。孩子们之间一般都叫小名。

一位可敬的鉴赏家对他的作品下判断时的心情一样。

伊温家年轻的家庭教师 Herr Frost[①]得到外祖母的许可，同我们一起到花园里去。他坐在绿凳子上，很神气地架起腿来，把他那包着青铜头的手杖夹在两腿中间，带着非常欣赏自己举止的人的神气，点上一支雪茄烟。

Herr Frost 是德国人，但是与我们心地善良的卡尔·伊万内奇完全不一样。首先，他俄语说得很正确，而法语发音却很糟；他在一般人中间，特别是在妇女中间，享有博学多识的名声。其次，他留着两撇红色小胡子，把围巾的两端塞到背带下面，在围巾上别着一枚红宝石扣针，他穿着一条闪光的、镶着饰带的淡蓝色裤子。最后，他很年轻，仪表堂堂、沾沾自喜，长着两条好看的、肌肉发达的大腿。他分明特别看重最后这个优点，认为它对女性的吸引力是无法抗拒的，想必是为了这种目的，他总是设法把腿摆在最惹人注目的地方，不论坐着或站着，总一个劲儿抖动着小腿肚。他是一个典型俄国式的德国青年，一心想做风流人物和花花公子。

我们在花园里玩得有意思极了，捉强盗的游戏玩得再好也

① 德语：弗劳斯特先生。

没有；但是出了一件事，几乎破坏了一切。谢廖扎做强盗：他追逐旅客的时候，绊了一跤，猛地把膝头撞在树干上，撞得那么厉害，我简直以为他把膝头撞碎了。尽管我是宪兵，我的责任是要逮住他，但我却走上前去，关切地问他痛不痛。谢廖扎很生我的气；他攥着拳头，顿着脚，用一种明明证实他撞得很痛的声音对我喊道：

“咳，这是怎么回事？怎么能这样玩法！喂，你为什么不捉我？你为什么不捉我？”他说了好几遍，斜眼望着在小路上一边跳一边跑着、扮演旅客的沃洛佳和伊温家的老大；随后突然尖叫一声，大笑着跑去捉他们。

我无法表达这种英雄行为使我多么惊异和迷惑：尽管疼得要命，他不但没有哭一声，甚至没有露出疼痛的模样，一会儿都没有忘了游戏的事。

过了不久，当伊连卡·格拉普加入我们这一伙，我们在吃午饭前一起上楼去的时候，谢廖扎又有个机会以他那惊人的勇气和坚强的性格使我倍加惊异，倍加迷惑。

伊连卡·格拉普是一个穷外国人的儿子，他父亲以前曾在我外祖父家住过，受过他的恩惠，因此认为现在常常打发他的儿子来看望我们是他应尽的义务。如果他认为他的儿子同我们来往能够获得一些尊敬和乐趣，那他就大错特错了，因为我们不但不跟伊连卡要好，而且我们只有在想拿他寻开心的时候才理睬他。伊连卡·格拉普是个大约十三岁的男孩，身材瘦长，脸色苍白，脸长得像鸟脸，表情善良温顺。他衣着十分寒酸，可是头发上却总涂着很厚一层生发油，以致我们相信，大晴天他头上的生发油一定会融化，滴到他的短外套上。现在我回忆起他的时候，我觉得他是一个非常殷勤、安静善良的男孩；但是当时我却觉得他是那么一个不足挂齿的人，不值得同情，甚至不值得去想他。

玩完捉强盗的游戏，我们就上楼去，开始玩闹，互相炫耀种种体育上的玩意儿。伊连卡带着胆怯而惊奇的笑容观看着我们，当我们邀请他也来露一手的时候，他就推托说他一点力气也没有。谢廖扎可爱极了；他脱掉短外套，容光焕发，眼睛闪闪发光，他不断地哈哈大笑，发明一些新把戏：跳过三把并排摆着的椅子，满屋子翻筋斗，把《塔季谢夫辞典》[①]摆在屋子中间当托架，在上面拿大顶，同时两只脚还做了一些滑稽得要命的动作，使人不能不发笑。玩过这最后一套把戏，他思索了

① 瓦·尼·塔季谢夫（1686—1750），俄国历史学家，曾编纂俄国的第一部百科辞典——《俄国历史、地理、政治和法律辞典》，共出三卷。

一下，眨眨眼睛，带着十分正经的神情突然走到伊连卡面前，说：“试试这个吧，真的，这并不难。”格拉普见大家都注意看着他，脸就红了，用几乎听不见的声音说他怎么也做不来这个。

“哦，真的，他为什么一点也不愿意表演呢？他又不是个姑娘……一定要他拿个大顶！”

于是谢廖扎拉住他的手。

“一定，一定要拿个大顶！”我们异口同声喊道，把伊连卡包围起来，他那时显然吓了一跳，脸色发白了。我们揪住他的胳膊，把他拉到辞典那里。

“放开我，我自己来！你们会把我的衣服撕破的！”那个不幸的受难者喊道。但是这种绝望的喊叫使我们更来劲。我们笑得要死。他的绿色短上衣的衣缝全都绽开了。

沃洛佳和伊温家的老大把他的头按下去，放在辞典上；我和谢廖扎就揪住那个可怜孩子的乱踢乱蹬的细腿，把他的裤腿卷到膝头上，大笑着把他的腿举上去；伊温家最小的孩子扶着他，使他的全身保持平衡。

大笑了一阵以后，我们突然都沉默下来，屋里是那么寂静，只听见可怜的格拉普沉重的喘息声。在这一瞬间，我完全不相信这一切是很好玩、很可笑的事。

“哦，现在你是个好汉了！”谢廖扎拍了他一巴掌说。

伊连卡默不作声，乱踢乱蹬，拼命要挣脱身子。在他不顾死活地乱踢乱蹬的当儿，他的鞋后跟猛地踢着了谢廖扎的眼睛，谢廖扎疼得立刻放下他的腿，一边捂住不由自主地落下泪来的眼睛，一边用力推了伊连卡一把。伊连卡不再由我们扶着，像一样没有生命的东西一样嘭的一声倒在地上，被泪水噎得只能嘟囔说：

“你们为什么欺侮我？”

可怜的伊连卡，满面泪痕，头发蓬乱，裤腿卷着，从裤腿下面露出他那没有擦油的靴筒，他这副惨相打动了我们的心；我们都默不作声了，极力勉强笑着。

首先镇静下来的是谢廖扎。

“老娘儿们！好哭的家伙！”他说，用脚轻轻地踢了踢伊连卡，“简直不能同他开玩笑……喂，得啦，起来吧！”

“我告诉你，你是个坏孩子！”伊连卡恶狠狠地说，走到一边，大声痛哭起来。

“哎呀，他用鞋后跟踢人，还破口大骂！”谢廖扎大叫一声，用手抓住那本辞典，就在那个不幸的男孩头上挥舞，那个男孩甚至都不想法自卫，只用手抱着头。

“瞧你！瞧你！要是他连开玩笑都不懂，我们就不要他……下楼去吧。”谢廖扎说着，不自然地笑了起来。

我同情地望了望那个可怜的男孩，他躺到地板上，把脸藏在辞典中间，哭得那么伤心，好像再哭一阵，那种使他全身抽搐的呜咽就会送他的命。

“唉，谢廖扎！”我对他说，“你为什么来这一手？”

“这很好啊！……今天我险些儿把骨头跌断了，我都没有哭。”

“是的，这是实情，”我暗自沉思，“伊连卡只不过是个好哭的家伙，而谢廖扎才是个好汉……他是个多么了不起的好汉啊！……”

我并没有考虑到，那个可怜的男孩所以哭，很可能不是因为肉体上的痛苦，而是因为他想到，也许是他很喜欢的这五个男孩，竟会无缘无故地串通一气来憎恶他，欺侮他。

我简直无法说明我的行为是多么残酷。我为什么不走上前去，保护他，安慰他呢？我一看见一只从巢里被扔出来的小乌鸦，或者一只被扔到篱笆外的小狗，或者被小厨子逮去做汤的一只母鸡，就会哽咽着大声哭泣，现在把那份同情心丢到哪儿去了呢？

难道由于我对谢廖扎的爱和想在他的眼里显得跟他一样勇敢的愿望，这种美好的感情就被窒息了吗？这种爱和想充好汉的愿望毕竟是不值得羡慕的啊！它们在我童年的回忆上留下了唯一的污点。

二十

宾客盈门

根据饭厅里引人注目的不寻常的忙碌，根据客厅和大厅里我早就熟悉的全部物件都增添了一种新鲜和喜庆色彩的灿烂光辉，特别是根据伊万·伊万内奇公爵不会平白无故派来他的管弦乐队，根据这种种事实来判断，预料晚上会宾客盈门。

一听到路过的车辆声，我就跑到窗口，把手放到太阳穴和玻璃上，怀着急不可耐的好奇心向外张望。暮色苍茫，最初看不见窗外的一切景物，后来才渐渐分辨出来，正对面，那家早已熟悉的小店铺点着一盏灯；斜对面，是一幢大房子，楼下有两扇窗子露出了灯光；街道中间，有一辆载着两个乘客的驽马拉的马车，或者一辆缓步回家的空四轮马车；终于有一辆轿式马车赶到我们家门前，我完全肯定这是伊温家的人，因为他们答应早一点来；于是我就跑到前厅去迎接他们。然而，这不是伊温家的人，从打开车门的、穿着号衣的仆人的胳膊后面，出现了两个女人：一个身材高大，身穿貂皮领的蓝色大衣，另一个娇小玲珑，全身裹在绿披巾里，从披巾下面只露出她那穿着毛皮靴的小脚。她们丝毫也没有注意到我在前厅里，虽然我认为这两个女人进来时对她们行礼是我的义务，那个娇小的默默地走到高大的女人旁边，就站在她的面前。高大的女人把包住娇小的女人整个头部的披巾解开，解开她的外衣，当那个穿号衣的仆人接过这些东西，脱掉她的毛皮靴子的时候，那个裹得紧紧的女人变成了一个十二岁的美丽姑娘，她穿着一身短短的敞领薄纱衣服，雪白的裤子，小小的黑鞋。她的白脖颈上围着一条黑天鹅绒带子；她长着一头深棕色的鬈发，前面的鬓发和她的美丽小脸非常相称，后面的鬈发和裸露的肩头又那样相称，因此不论什么人告诉我，即使是卡尔·伊万内奇亲口告诉我说，头发这么卷曲是因为一清早就用一片片的《莫斯科新闻》[①]卷起来，而且用很热的火剪烫过，我也不会相信。好像她生来就长着这么一头鬈发似的。

她脸上令人惊异的特点是她那大得出奇、半睁半闭的鼓眼睛，这双眼睛同她的小嘴形成奇异而悦目的对比。她的嘴抿着，她的眼神非常严肃，从她的整个面部表情看来，使人不能希望她会露出笑容，也正因为如此，她的笑容就更加迷人。

我极力不引起人们的注意，溜到大厅门口，我觉得必须踱来踱去，装出一副正在沉思、完全不知道客人们到来的神情。当两位客人走到大厅中间的时候，我仿佛醒悟似的，并脚行了个敬礼，告诉她们外祖母在客厅里。瓦拉希娜夫人和蔼地对我

① 莫斯科大学在一七五六年创办的报纸，一直办到一九一七年底。除了很短时期外，一直是维护沙皇专制和农奴制度的反动刊物。

点了点头，我很喜欢她的面孔，特别是因为我觉得她同她女儿索涅奇卡[①]的相貌十分相像。

外祖母看见索涅奇卡好像很高兴，让她走近一些，理了理耷拉在她前额上的一绺鬈发，聚精会神地端详着她的面庞，说："Quelle charmante enfant！[②]"索涅奇卡微微一笑，脸上泛出红晕，显得那么妩媚动人。我望着她，脸也红了。

"希望你在我家里不会感到无聊，我的宝贝，"外祖母说，托起她的下巴，"尽情取乐和跳舞吧。我们已经有了一位小姐和两个哥儿了。"她对瓦拉希娜夫人补充说，用手摸了我一下。

这种亲近使我非常愉快，因而又脸红了。

我感觉到自己的羞怯心情在不断增长，而且听到又有一辆马车到来的响声，于是我认为该退出去了。在前厅里，我见到科尔纳科娃公爵夫人带着她的儿子和难以想象的一大群女儿来了。她的女儿们长相都一样，很像公爵夫人，很难看，因此一个也没有引起我的注意。在她们脱大衣和摘皮围巾时，她们忽然异口同声尖声尖气地说着话，乱作一团，开心地笑什么，大概是笑她们有那么多人。艾蒂安是个十五岁模样的男孩，身材

① 索涅奇卡是索菲娅的小名。
② 法语：多么迷人的孩子！

高大肥胖，面容枯瘦，眼睛下面是发青的塌眼窝，按年龄说，手脚都未免太大；他举止笨拙，嗓音难听，忽高忽低，但是好像非常自鸣得意，我想，这大概就是挨树条抽打的那个男孩。

我们面对面站了好久，一声不响地互相仔细打量着；随后我们走近一些，我想大概是打算接吻，但是又望了望彼此的脸色，不知怎地都改变了主意。当他所有的姊妹们衣服窸窣作响地从我们身边走过去时，为了找话说，我问他坐在马车里挤不挤。

“我不知道，”他漫不经心地回答我说，“你要知道，我从来也不坐马车，因为我一坐进去就不舒服，妈妈知道这一点。晚上我们出门的时候，我总坐在驭台上，那可有意思得多了，什么都看得见。菲利普让我赶车，有时我就接过鞭子来。这样赶车，你知道，有时候，”他富于表情地打着手势说，“妙极了！”

“少爷！”有一个仆人走进前厅说，“菲利普问您把鞭子放到哪儿了？”

“怎么问放到哪儿了？我还给他啦。”

“他说您没有还给他。”

“哦，那就是挂在车灯上了。”

“菲利普说也没有挂在车灯上……您最好还是承认，是您拿了把它弄丢了，为了您淘气，菲利普得自己掏腰包去赔偿。”那个怒冲冲的仆人接下去说，越来越激动了。

那个仆人看样子是个可敬的忧郁的人，非常热心地袒护着菲利普，决定非把事情弄个水落石出不可。我不由地觉得应该知趣一些，于是装出好像没有看到什么一样向一旁走去；但是在场的仆人们却完全不这样，他们走得更近一些，带着赞许的神情望着那个老仆人。

“哦，丢了就丢了！”艾蒂安说，避免做进一步的解释，“鞭子要花多少钱，回头我来赔。这真可笑！”他添上一句说，走到我跟前，把我向客厅那边引去。

“不，请问少爷，您拿什么来赔呢？我知道您的赔法：您要偿还玛丽亚·瓦西里耶夫娜的二十戈比已经有七个多月了；欠我的呢，我想也有一年多了，另外还有欠彼得鲁什卡的……”

“住嘴！”年轻的公爵呵斥道，气得脸色铁青，“我没有别的话说了！”

“没有别的话了，没有别的话了！”仆人嘟囔说，“这可不好啊，少爷！”当我们走进大厅时，他特别富于表情地补充一句说，然后把大衣放到衣橱里去。

“真高明，真高明！”在我们身后，由前厅里传来称赞的声音。

外祖母有一种特殊的本领，会利用一定的口气和一定的情况，不是以第二人称复数就是用第二人称单数代词来表达她对人们的看法。虽然她应用您和你与一般通用的说法相反，但是这种细微差别到了她的嘴里却具有一种完全特殊的意味。当小公爵走近她时，她对他说了三言两语，称呼他“您”，而且用那么轻视的眼光瞥了他一眼，要是我处在他的地位，一定会手足无措了；但是艾蒂安显然不是这种性格的孩子：他不但不注意外祖母怎样接待他，甚至对她本人也不注意，而是对大伙行了个礼，举止即使算不得灵活，至少是十分随便的。索涅奇卡吸引住了我的全部注意力：我记得，当沃洛佳、艾蒂安和我在大厅里可以看见索涅奇卡，而且她也能看见我们和听见我们说话的地方交谈时，我就谈得津津有味；碰巧我说到什么自以为很好笑或者很漂亮的话时，我就放开嗓门，而且望着客厅门口；但是当我们移到另外一个地方，从客厅里既看不到我们，也听不见我们说话的声音时，我就默默无言，对于谈话再也没有什么兴趣了。

客厅里和大厅里渐渐挤满了客人；他们中间，像儿童晚会上常有的情形一样，有些大孩子不愿意错过一场寻欢作乐和跳舞的机会，他们这样好像只是为了讨女主人的欢心。

伊温家的孩子们到来时，我不但没有通常见到谢廖扎时所感到的那种快乐，反而非常奇怪地很生他的气，因为他要看看索涅奇卡，并且在她眼前显示一下自己。

二十一

跳马祖卡舞以前

“啊，看来，你们是要开舞会呀，”谢廖扎说，一边走出客厅，一边从口袋里掏出一副新羊皮手套，“我得戴上手套。”

“怎么办呢？我们没有手套，”我寻思，“我得到楼上去找一找。”

但是，我虽然翻遍了所有的抽屉，只在一个抽屉里找到了旅行用的绿色无指手套，在另一个抽屉里找到一只对我毫无用处的羊皮手套：首先，因为它非常旧，非常肮脏；其次，因为我戴起来太大，尤其是因为它缺了中指，想必是卡尔·伊万内奇很早以前把它剪去包扎受伤的手了。但是，我还是戴上这只破手套，聚精会神地察看我那一向染着墨水的中指。

“要是娜塔利娅·萨维什娜在这儿就好了，她那里一定会找到手套的。我不能这样下楼去，因为他们如果问我为什么不跳舞，我可怎么回答呢？可是，我也不能待在这儿，因为他们一定会找我的。我可怎么办呢？”我挥着胳膊说。

“你在这儿做什么？”沃洛佳跑进来说，“去邀请一位小姐吧……就要开始了。”

“沃洛佳，”我对他说，给他看看我那从脏手套里露出两个指头的手，用濒于绝望的声调说，“沃洛佳，你也没有想到这个吧！”

“想到什么？”他不耐烦地说，“噢，想到手套呀，”当他看见我的手时，毫不在意地补充说，“不错，我们没有。我们得去问外祖母……看她怎么说。”于是他不假思索，就跑下楼去了。

对待我觉得是那么重大的事件，他的态度是那么沉着，使我放下心来，我连忙跑进客厅，完全忘记了我左手戴着那只难看得要命的手套。

我小心翼翼地走到外祖母的安乐椅跟前，轻轻地拉了拉她的长袍，低声对她说：

“外婆，我们怎么办呀？我们没有手套！”

“什么，我的宝贝？”

“我们没有手套。”我重复了一遍，把身子凑得越来越近，并且把我的双手搭在安乐椅把手上。

“那么这是什么呢？”她说，突然一把抓住我的左手。“Voyez，machère①，”她接下去说，转向瓦拉希娜夫人，“Voyez comme ce jeune homme s’estfait élégant pour danser avec votre fille.”②

外祖母紧紧握住我的手，带着疑问的神情十分严肃地望了

① 法语：您瞧，我的亲爱的。
② 法语：看看这个青年人，为了同您的女儿跳舞，打扮得多么漂亮呀。

望在座的人们，直到所有宾客的好奇心都得到满足，哄堂大笑为止。

要是谢廖扎看见我这样羞愧得双眉紧锁，想把手抽回又抽不回来，我一定会伤心死了，但是在笑得眼泪盈眶的、红晕的面孔周围的鬈发全都摆荡起来的索涅奇卡面前，我却丝毫也不觉得害羞。我明白，她的笑声太响，太自然了，不会含着讽刺的意味；恰恰相反，我们一同欢笑着，四目相视的情况，似乎使我和她更加接近了。手套这段插曲，虽然可能成为笑柄，但它却给我带来一个好处，使我在这个我总觉得非常可怕的圈子——客厅的圈子——里很自在；在大厅里，我一点也不觉得忸怩不安了。

怕羞的人的痛苦，是由于不知道人们对他的看法而产生的；这种看法一旦明确表达出来时（不论是好是坏），痛苦也就消失了。

当索涅奇卡·瓦拉希娜和那个蠢笨的小公爵在我对面跳法国卡德里尔舞①时，她有多么美丽啊！当她在跳 chaîne ②的当儿，把小手伸给我的时候，她笑得多么可爱啊！她头上的棕色鬈发随着音乐的节拍颤动得多么迷人啊！她用小脚跳

① 四人组成两对，包含六个舞式的舞蹈。

② 法语：连环，一种跳舞步法。

jeté-assem-blé[1]时，显得多么天真啊！跳到第五种姿势，我的舞伴离开我跑到对面，而我，等着拍子，准备独舞时，索涅奇卡严肃地抿着嘴，望着一边。但是她用不着为我担心：我勇敢地chassé en avant，chassé en arrière，glissade[2]。当我跳到她面前时，我顽皮地把露出两个指头的手套给她看看，她哈哈大笑起来，迈动双脚更优美地在镶花地板上小步快速地跳动着。我还记得，当我们围成圆圈，手拉起手的时候，她低下头，并没有把手从我的手里抽走，就用她的手套擦擦那个小小的鼻子。这一切现在好像历历在目，我好像还听见当时所奏的《多瑙河的少女》中的卡德里尔舞曲，看到在乐声中发生的这一切情景。

第二次卡德里尔舞开始了，索涅奇卡做我的舞伴。坐在她身边，我觉得难为情极了，简直不知道同她谈什么才好。当我沉默过久的时候，我唯恐她把我当作傻瓜，就决定无论如何要使她不要对我产生这种误会。“Vous êtes une habitante de Moscou？”[3]我问她，得到肯定的答复以后，我又接着说，“Et moi，je n'ai encore jamais fréquenté la capitale.”[4]我特别指望

① 法语：齐步，一种跳舞步法。
② 法语：向前，向后，侧步。
③ 法语：您经常住在莫斯科吗？
④ 法语：可是我从来还没有访问过首都呢。

fréquenté[1]这个字发生效果。然而我觉得，虽然这个开场非常出色，而且充分证明我精通法语，但是我却不能一直这样谈下去。轮到我们跳舞还有一些时间，我们又陷入沉默。我心神不安地望着她，希望知道我给她的是什么印象，而且希望得到她的帮助。“您从哪儿找到一只这么滑稽的手套？”她突如其来地问我；这个问题使我感到很大的兴趣，感到很轻松。我解释说，这只手套是卡尔·伊万内奇的，并且添枝加叶，甚至带着一点讥笑的口吻谈到卡尔·伊万内奇本人，说他摘下小红帽时显得多么可笑；他有一次穿着绿大衣跌下马来，正好摔到泥塘里；以及诸如此类的话。卡德里尔舞不知不觉跳完了。这一切都很好；但是我为什么要讥笑卡尔·伊万内奇呢？要是我怀着实际上对他抱着的敬爱心情向索涅奇卡描绘他一下，难道我就会失去她的好感吗？

跳完了卡德里尔舞，索涅奇卡带着那么可爱的表情对我说了声merci[2]，好像我真的值得她感谢一样。我喜不自胜，得意忘形，自己都不认识自己了：我哪儿来的这份勇气、信心，甚至厚脸皮呢？“什么都不能使我害羞！”我满不在乎地在大厅

① 法语：访问。
② 法语：谢谢。

里走着，思索着，“我准备去干一切！”

谢廖扎邀请我做他的 vis-à-vis[①]。“好吧，”我说，“虽然我没有舞伴，我会找到的。”我用果断的眼光朝整个大厅扫视了一番，发现除了站在客厅门口的一个大姑娘而外，所有的姑娘都同人约好了。一个高大的青年朝她走过去，按我的推断，是去邀她跳舞的；他离她只有两步了，而我却在大厅另一头。转瞬之间，我在镶花地板上优雅地滑行着，滑过了我同她之间相隔的距离，并脚行了个敬礼，用坚决的声调邀请她跳一场卡德里尔舞。那个大姑娘迁就地微微一笑，就把手伸给我，撇下了那个青年没有舞伴。

我那么深刻地意识到自己的力量，以致毫不注意这位青年的懊丧；但是后来我听说，这位青年曾打听，那个从他身旁冲过去、在他眼前抢走舞伴的头发蓬乱的男孩是谁。

① 法语：对舞者。

二十二

马祖卡舞

被我抢走舞伴的那个青年，在马祖卡舞里跳第一对。他从座位上跳起来，拉住舞伴的手，不照米米教给我们的 pas de Basques[①]跳，却一直朝前跑去；跑到屋角，停下来，叉开腿，用鞋后跟跺地板，转个身，一边跳，一边朝前跑。

我因为跳马祖卡舞没有舞伴，就坐在外祖母的高背安乐椅后面观看。

“他搞的是什么名堂？”我暗自思量，“一点也不像米米教给我们的：她总是对我们说，跳马祖卡舞都用脚尖跳，使脚从容不迫地做圆形动作；而结果却完全不是那样的跳法。伊温家的人和艾蒂安，大家都在跳舞，谁也不跳 pas de Basques，连我们的沃洛佳也学了新的跳法。这倒不错！……而索涅奇卡是多么可爱的人儿呀？！她到那边去了……”我觉得快乐极了。

马祖卡舞快结束了：有几个上了年纪的男人和太太前来同外祖母告别，坐车走了。仆人们躲闪着跳舞的人们，小心翼翼地往后面房间里端餐具。外祖母显然疲倦了，勉勉强强地说着话，声音拉得很长；乐队开始懒洋洋地奏那已经奏了第三十次的曲子。跟我跳过舞的那个大姑娘，跳花样时看到我，脸上堆

① 法语：巴斯克舞的步法。

着假笑，大概想以此来讨好外祖母；她领着索涅奇卡和无数公爵小姐中的一位走到我跟前。“Rose ou hortie？”[①]她对我说。

“噢，你在这儿！”外祖母说，在安乐椅上转过身来，“去吧，亲爱的，去吧。”

虽然当时我宁愿整个藏在外祖母的椅子下面，也不愿从椅子后边走出来，但是怎么能拒绝呢？我站起来，说了声“rose”[②]，就怯生生地望了索涅奇卡一眼。我还没有明白过来，一只戴白手套的手就放在我的手里了，公爵小姐笑盈盈地冲向前去，一点也没有料到我根本不懂怎么跳法。

我知道我跳 pas de Basques 是不适当的，不合礼仪的，甚至会完全使我丢脸；但是马祖卡舞熟悉的曲调对我的听觉起了作用，把熟悉的动作传给我的听觉神经，而听觉神经又把这运动传送到我的脚上；我的脚就完全不由自主地，踮着脚尖跳起那种莫名其妙的、圆形的、滑行舞步来，全场观众看了都很惊异。我们一直往前跳时，还可以凑合一阵，但是该转弯的时候我就发现，如果我不小心在意，就一定会跑到前面去。为了避免这种杀风景的事情，我稍稍停住脚步，打算依照领舞的那个青年

① 法语：是玫瑰还是荨麻？这是跳舞时女伴用的代号。

② 法语：玫瑰。

所跳的优美舞步来跳个特别花样。但是我的脚刚一分开，准备跳跃，围着我飞快旋转的公爵小姐就带着茫然的好奇和惊异的神情瞅着我的脚。这种眼光使我万分狼狈！我心慌意乱，竟然不再跳舞了，却以最奇怪的姿态原地踏起步来，既不合拍，也不同任何东西协调，最后我完全停下来。所有的人都望着我，有的怀着惊异的神情，有的带着好奇的样子，有的露出嘲讽的笑容，又有的含着怜悯的神色；只有外祖母毫不在意地望着。

“Il ne fallait pas danser，si vous ne savez pas！[①]”爸爸在我耳边生气地说着，轻轻地把我推开，拉住我的舞伴的手，照古老的式样同她跳了一圈，在观众的喝彩声中，把她送到原位上。马祖卡舞立刻结束了。

“天啊！你为什么这么厉害地惩罚我呀！”……

大家都看不起我，而且会永远看不起我……通往友谊、爱情、光荣等等的道路都给我堵上了……一切都完蛋了！沃洛佳干吗向我做那些人人都看得见、而且对我毫无裨益的手势呢？那个讨厌的公爵小姐为什么那样望了望我的脚呢？索涅奇卡干

① 法语：如果你不会跳，就不要跳！

吗……她是一个可爱的人儿；但是当时她为什么微微一笑呢？爸爸为什么脸红了，揪住我的胳膊？难道他也替我害羞吗？噢，这太可怕了！要是妈妈在这儿，她就不会因为她的尼古连卡而脸红……于是我的想象远远地飞驰到这个可爱的形象那里去了。我想起房前那片草地和花园里高大的菩提树、上面有燕子盘旋的清澈的池塘、飘着透明的白云的蔚蓝色天空、一堆堆新割下来的芬芳的干草，另外，在我那烦恼的想象中，还出现了许许多多平静而愉快的回忆。

二十三

马祖卡舞以后

晚饭时，领舞的那个青年坐在我们儿童席上，他对我特别照顾，要是我遇到那件倒霉的事以后还能有所感受的话，这一定会使我的自尊心得到很大的满足。但是那个青年好像想方设法要使我快活起来；他逗我，称我“好样的”，大人们只要一不注意我们，他就从各色各样的瓶子里往我的玻璃杯里斟酒，一定要我喝干。晚餐快结束时，管家从包着餐巾的酒瓶里往我的玻璃杯里只斟了四分之一香槟酒，那个青年坚持要他给我斟满，硬要我一口喝干；我觉得浑身有一股舒服的暖意，对我那快活的保护人特别有好感，不知为什么我哈哈大笑起来。

突然间，大厅里发出《祖父舞曲》①的乐声，于是大家都从餐桌旁站起来。我同那个青年的友谊立刻结束了：他加入成人群里，而我，不敢跟着他，只是怀着好奇心走过去，留神倾听瓦拉希娜夫人和她的女儿在说什么。

“再待半个钟头！”索涅奇卡恳求说。

“真的不行了，我的宝贝！”

“为了我，请求你。”索涅奇卡撒娇说。

“要是我明天病了，莫非你会高兴吗？”瓦拉希娜夫人说着，

① 老年人跳的、动作缓慢的舞蹈。

竟不经心地笑了笑。

“啊，你同意了！我们留下啦？”索涅奇卡说着，欢喜得雀跃起来。

“拿你真没有办法！好了，去跳舞吧……这儿有你的一个舞伴。”她的母亲指指我说。

索涅奇卡把手伸给我，于是我们跑到大厅里。

喝下去的酒、索涅奇卡的在场和她的兴致，使我完全忘怀了跳马祖卡舞时那件倒霉的事。我迈着最滑稽的舞步；时而模仿一匹马，小步奔跑着，傲慢地抬起脚来，时而又像一头对狗发脾气的公羊原地踏步，纵情大笑，一点也不在乎会给观众留下什么印象。索涅奇卡也不住地笑；她笑我们手拉着手，不住地旋转；她笑一个年老的老爷慢腾腾地抬起脚来跨过一条手帕，装出一副做起来很吃力的样子，当我几乎跳到天花板那么高来显示自己的灵活时，她简直要笑死了。

穿过外祖母的书房时，我照了照镜子。我汗流满面，头发蓬乱，那一撮撮的头发比平时翘得更高了；但是我脸上的整个表情却是那么愉快、和蔼、健康，使我不禁顾影自怜起来。

“要是我永远像现在这样，那就好了，”我想，“我还能得到别人的欢心哩！”

但是我又望了望我的舞伴的美丽的小脸蛋，看见她脸上除了我脸上那种使我洋洋自得的快活、健康和无忧无虑的神情以外，还洋溢着那么娴雅、温柔的美，这使我自怨自艾起来，我明白自己妄想获得这么一个美人儿的青睐有多么愚蠢。

我不能指望我们会互相爱悦，根本连想也不必想，因为即使不这样，我的心灵也已经充满了幸福。我不懂得，除了使我的心灵得到满足的爱情而外，我还可以要求更大的幸福，或者做非分之想，好使这种感情永远继续下去。这样我已经非常幸福了。我的心像鸽子一样跳动，热血不住地往心房里涌，我想哭出声来。

当我们穿过走廊，经过楼梯下面黑暗的贮藏室时，我看了看它，想道："要是能同她在这黑暗的贮藏室里过上一辈子，而且谁也不知道我们住在这儿，那该有多么幸福啊！"

"今天非常快活，是不是？"我用战栗的声音轻轻地问，一面加快脚步，与其说是由于我所说的话，不如说是由于我想说的话而吃惊。

"是的……非常快活！"她回答说，扭过头来望着我，脸上带着那样坦率而和蔼的表情，使我不再害怕了。

"特别是晚饭以后……不过，但愿您能知道，我有多么遗憾（我本来想说难过，但是不敢），你们不久就要走了，我们再也见不到了！”

“为什么再也见不到啦？”她说，聚精会神地望着她的小鞋尖，用手摸着我们经过的方格帷幔，“每星期二和星期五，我跟妈妈都乘车到特维尔林阴路去。难道您不想散步吗？”

“星期二我们一定要求去，如果不让我去，我就一个人不戴帽子跑出去。我认识路。”

“您知道吗？”索涅奇卡突然说，“我同常到我们家来的一些男孩，彼此总是称呼‘你’；让我们彼此也称呼‘你’吧！你愿意吗？”她补充了一句，猛地抬起头，直视着我的眼睛。

这时我们走进了大厅，正在奏《祖父舞曲》的另一个很活跃的部分。

“请您……”当音乐声和喧哗声足以淹没我的声音时，我说。

“请你，不是请您。”索涅奇卡纠正说，笑了起来。

《祖父舞曲》结束了，可是我没有来得及说一句带“你”字的话，虽然我不住地构思着，几次重复其中有这个代词的句子。我缺乏这样做的勇气。“你愿意吗？”“请你”这些话在我耳朵里回响着，使我飘飘然起来：除了索涅奇卡，什么东西，什么人，我都看不见了。我看见，他们怎样把她的鬈发撩到她的耳后，露出我还没有见过的那部分额头和鬓角；我看见，他们那么紧紧地把她裹到绿披巾里，使人只看见她的小鼻子尖；我注意到，要是她没有用红润的手指在嘴边拉开一个小洞，她一定会闷死的；我看见，她跟着她的母亲走下楼去，迅速地回过头来对我们点点头，就走出门去了。

沃洛佳、伊温家的孩子们、小公爵和我，我们大家都爱上了索涅奇卡，站在楼梯上目送着她。我不知道她是对哪个特定的人点头，不过当时我确信那是对我。

同伊温家的孩子们告别时，我非常随便地，甚至有些冷淡地同谢廖扎讲话，同他握了握手。如果他明白，从那天起他就失去了我的爱和控制我的权力，他一定会为此感到惋惜，虽然他极力显出满不在乎的样子。

我一生中第一次在爱情上变了心，第一次感到这种感情的甜蜜滋味。把那种磨损了的习惯的忠心换成一种充满神秘意味和前途未卜的新鲜爱情，我觉得很高兴。况且，在同一时间甩开一个人而爱上另一个人，意味着爱得比以前加倍地强烈。

二十四

在床上

“我怎么能那么强烈、那么长久地爱着谢廖扎呢？”我躺在床上纳闷，“不！他从来也不理解，不会看重，而且也不配享有我的爱……但是索涅奇卡呢？这是多么可爱的人儿啊！‘你愿意吗？’‘你来开头。’……”

我匍匐着跳起来，逼真地想象着她的小脸，随后用被子蒙上头，把全身都裹住，裹得非常严实的时候就躺下来，感到一种愉快的暖意，沉入甜蜜的梦想和回忆之中。我目不转睛地紧盯着棉被里，就像一个钟头以前那样清清楚楚地看到了她。我甚至在心里同她交谈；这场谈话虽然毫无意义，却给予我无法形容的乐趣，因为谈话里不断出现你、给你、同你、你的等字眼。

这些梦想是那么清晰，一股甜蜜的激动使我不能入睡，我很想跟什么人来分享一下我这过多的幸福。

“我的宝贝！”我几乎说出声来，猛地翻到另一边，“沃洛佳！你睡着了吗？”

“没有，”他用睡意蒙眬的声音回答我说，“做什么？”

“我在恋爱，沃洛佳！肯定是爱上了索涅奇卡。”

“哦，那又怎样呢？”他回答我说，伸了一下懒腰。

“噢，沃洛佳！你想象不出我发生了什么事情……我现在裹着被子躺着，那么清楚那么清楚地看见了她，和她谈话，简直奇怪极了！你知道还有什么吗？我躺着想念她的时候，天知道为什么，我很伤心，非常想哭。”

沃洛佳动了一下。

“我只希望一件事，”我接着说下去，“那就是永远和她在一起，永远看见她，再也没有别的了。你在恋爱吗？坦白地承认吧，沃洛佳。”

真奇怪，我愿意人人都爱上索涅奇卡，人人都这么说。

“这跟你有什么关系呢？”沃洛佳说着，转过脸来望着我，“也许。”

“你并不想睡，你在装样子！”我喊道，看见他那闪闪发光的眼睛丝毫没有睡意，于是我就把被窝掀开。“我们倒不如谈谈她。她不是很迷人吗？……那么迷人，要是她对我说一声：‘尼古拉沙①，从窗口跳下去！’或者‘跳到火里去！’嗯，我敢起誓！”我说，“我马上就跳，而且会高高兴兴地跳。噢，多迷人啊！”我补充一句，历历在目地想象着她，为了充分欣赏这个形象，我突然翻到另一边，把头钻到枕头底下，“我非常想哭，沃洛佳！”

① 尼古拉沙也是尼古拉的小名。

“傻瓜！”他笑着说，停顿了一会儿之后，又说，“我完全不像你那样。我想，如果可能的话，我愿意先坐在她身边，同她谈谈天……”

“啊！那么你也在恋爱？”我打断他的话头。

“然后，”沃洛佳接着说，温柔地微笑着，“然后我就热烈地吻她的小手指头、小眼睛、小嘴、小鼻子、小脚，好好地把她都吻遍了……”

“胡说！”我从枕头底下喊道。

“你什么都不懂！”沃洛佳轻视地说。

“不，我懂；是你不懂，净说些蠢话。”我噙着眼泪说。

“不过，你根本用不着哭啊。简直跟女孩子一样。”

二十五

信

四月十六日，离我描述的那一天将近六个月以后，我们正在上课的时候，爸爸走上楼来，说当天夜里我们就要同他一起下乡。一听到这个消息，我心里就难过起来，我的思想立刻转到妈妈身上。

这样突如其来的启程是因为下面这封信引起的：

彼得罗夫斯科耶　　四月十二日

直到现在，晚上十点钟，我才接到你四月三日那封亲切的信，我照一向的习惯，立即写回信。费奥多尔昨天就把你的信从城里带回来，但是因为天晚了，今天早晨他才交给米米。米米借口说我身体不好，心绪不宁，一整天都没有把信交给我。我的确有点低烧，说老实话，已经是第四天了，我不大舒服，没有起床。

请你千万不要害怕，亲爱的，我觉得自己相当好，如果伊万·瓦西里耶维奇许可，明天我就想起来。

上星期五，我带着孩子们坐车出去；但是在大路拐角上，就是在总使我感到害怕的小桥旁，马匹陷到泥塘里去了。天气非常明媚，我想趁他们把车子拖出来的时间，步行到大路上。当我走到小礼拜堂的时候，觉得非常疲倦，坐下来休息休息，隔了半个来钟头才来人拖车，我觉得身上发冷，特别是我的脚，因为我穿的是薄底靴，而且都湿透了。午饭后，我感到身上一阵冷一阵热，但是照常走动，吃茶以后，坐下来同柳博奇卡合奏（你简直不会认得她了，她有了那么大的进步！）。但是当我发现我不能数拍子时，你想想我是多么惊异吧！我数了好几次，但是我的脑子完全混乱了，我感到耳朵里也异样地鸣响起来。我数着一、二、三，接着就突然数起八、十五，主要的是，我意识到自己语无伦次，却怎么也纠正不过来。最后米米来帮我的忙，几乎是强迫我躺到床上。这样，亲爱的，你就会详细了解我是怎样病倒的，而且全是我自己的过错。第二天我发烧相当厉害，于是我们那位善良的老伊万·瓦西里奇[①]来了，他一直留在我们家，答应不久就让我到户外去。这个伊万·瓦西里奇是个好极了的老头儿！当我发烧、说胡话的时候，他就整夜不合眼，坐在我的床边；现在，因为知道我要写信，就同小姑娘们坐在起居室里，我从卧室里可以听到，他在给她们讲德国童话，她们听着，险些笑死了。

① 就是伊万·瓦西里耶维奇。

La belle Flamande,[①]如你称呼她的，从上星期就到我们家来做客，因为她母亲到什么地方做客去了，她对我的关怀表明她怀着非常真诚的眷恋之情。她把内心的一切秘密都向我吐露了。以她那漂亮的脸庞、善良的心地和青春，要是有人好好地管教她，她在各方面都会出落成一个好姑娘；但是在她生活的圈子里，根据她所讲的话来判断，她会完全毁掉的。我突然想到，如果我自己没有那么多孩子，我就会做好事收养她。

柳博奇卡本来想亲自给你写信，但是已经撕掉三张纸了，她说："我知道爸爸多么爱嘲笑人：如果写错了一点点，他就会拿给大家看。"卡坚卡还是那么可爱，米米还是那样善良而忧郁。

现在我们来谈正经事吧：你给我的信上说，今年冬天你的经济情况不好，你不得不动用哈巴罗夫卡那笔钱。我甚至觉得奇怪，你居然还要征求我的同意。难道我的东西不就是你的吗？

你那么体贴，我的亲爱的，为了怕使我伤心，把你的

① 法语：那个佛兰芒德美人。

真实的经济情况隐瞒着我；但是我猜想得到：你大概输了很多钱，我敢起誓，我并没有因此而悲伤。因而，要是事情可以补救的话，就请你不要太放在心上，不必徒然折磨自己。我一向不指望你为孩子们赢钱，而且，请你原谅，也不指望你的全部财产。你赢了钱我并不高兴，输了钱我也不难过；使我难过的只是，你这不幸的赌癖夺去了你对我的一部分温存爱恋，逼得我像现在这样，说出这样痛心的真话；上帝晓得，这样做我有多么痛苦啊！我不住地向上帝祈祷一件事，请求他使我们摆脱……不是摆脱贫穷（贫穷算得了什么呢？），而是摆脱当我必须维护的孩子们的利益同我们自己的利益发生冲突时的那种可怕处境。直到目前为止，上帝都倾听了我的祈祷；你没有越过那条界限，如果那样，我们就得牺牲那份已经不属于我们而属于孩子们的财产，要不就是……想起来都可怕，但是这种可怕的不幸总在威胁着我们。是的，这是上帝加在我们两人身上的沉重的十字架。

你给我的信上还谈到孩子们，又回到我们老早争论过的问题上：你要求我同意把他们送进学校。你知道我对这种教育抱有成见……

我不知道，我的亲爱的，你是否同意我的意见；但是无论如何，我恳求你，为了对我的爱答应我，无论在我活着或死后（要是上帝愿意拆散我们的话），永远不会发生这样的事。

你给我的信上说，你必须去彼得堡一趟料理我们的家务。愿基督与你同在，我的亲爱的，去吧，希望你早日回来。你不在，我们大家觉得那么寂寞！春光是惊人地明媚：凉台上的双层门已经卸下，通往暖房的小径四天前已经完全干了，桃花正在盛开；仅仅有些地方还有些残雪；燕子飞回来了；今天柳博奇卡给我拿来春天的第一枝花。医生说再过两三天我就可以完全复原，能够呼吸呼吸新鲜空气，在四月的阳光中晒晒太阳。再见吧，亲爱的朋友，请不要为我的病，也不要为你赌输了钱担心；赶快办完事，带着孩子们回来过一个夏天。至于我们怎样消夏，我已经做了美好的计划，只要你来就可以实现。

这封信的下面一部分是用法文写的，用不整齐的连笔字体写在另一张纸上。我逐字地把它翻译过来：

不要相信我信上所写的病情；谁也猜想不到它有多么严重。只有我自己知道，我再也起不了床啦，不要错过一分钟，立刻带着孩子们回来。也许我还可以再拥抱你一次，再为你祝福一番；这是我最后的唯一希望。我知道，这对你是多么可怕的打击；不过反正迟早从我这里或者从别人那里，你会得到这种打击的；让我们坚强地，靠着上帝的恩典，尽力忍受这种不幸吧！让我们听从上帝的意旨吧。

不要认为我所写的是病中胡思乱想的梦呓；恰恰相反，这时我的思想极其清楚，我十分镇静。不要以为这是一个怯懦的灵魂的虚妄的、模糊的预感，而用这种希望来安慰自己。不，我觉得我知道，我所以知道，是因为上帝已经给我启示，我活不长了。

难道我对你和孩子们的爱会随着我的生命而完结吗？我明白这是不可能的。此刻我的感情是非常强烈的，我无法设想，没有它我就不能理解生存的这种感情，有朝一日会消失。没有对你们的爱，我的灵魂就不能存在。像我的爱这样的感情，若是有朝一日会消失的话，那它就不会产生，单凭这一点，我就知道它会永久存在。

我将不再和你们在一起；但是我坚信我的爱永远不会

离开你们，这种想法使我的心灵得到慰藉，我十分平静地、毫无畏惧地等待着死神的来临。

我很平静，上帝知道，我一向把死看作过渡到更美好的生活，现在也还是这样看；但是为什么眼泪使我窒息？……为什么要使孩子们失去亲爱的母亲？为什么要使你遭到这么沉重而意外的打击？当你的爱情使我的生活无限幸福的时刻，我为什么要死去呢？

让上帝的神圣意旨实现吧。

由于泪眼模糊，我再也不能写下去。也许我再也见不到你。我的无价的朋友，为了今生你给予我的一切幸福，我感谢你；我会祈求上帝酬报你。别了，亲爱的朋友；记住，我虽然不在了，但是我的爱随时随地都不会离弃你。别了，沃洛佳！别了，我的宝贝！别了，我的本杰明[①]——我的尼古连卡！

难道有一天他们会忘记我吗？！

这封信里还附着米米用法语写的一张便笺，内容如下：

① 取自《圣经》中的人名，此处意指“小儿子”。

她对您讲的这种悲惨的预感，已经被医生的话充分证实了。昨天夜里，她吩咐立刻把这封信付邮。我以为她是在说呓语，于是我决定等到今天早晨，并且决定拆开看看。我刚一打开，娜塔利娅·萨维什娜就问那封信我怎么处理了，吩咐我说，如果还没有寄走就烧掉。她不住地这么说，而且肯定地说这会使你们痛苦万分。如果您希望在这位天使离开我们之前看一看她，那就不要拖延归期。原谅我写得这么潦草。我已经三夜没有睡了。您知道我多么爱她！

四月十一日，在我母亲的寝室里守了一整夜的娜塔利娅·萨维什娜告诉我说，maman 写好这封信的第一部分时，把信放在身边的小桌上，就寝了。

“我得承认，”娜塔利娅·萨维什娜说，“我自己在安乐椅上打盹了，我织的袜子从手里掉下去。半夜十二点多钟，我在梦中听到仿佛她在讲话；我睁开眼一看：她，我的宝贝，坐在床上，两手这样交叉着，泪如雨下。‘这么说，一切都完了？’她只说了这么一句，就用双手把脸捂上。

“我跳起来问：‘怎么回事？’

"'哦，娜塔利娅·萨维什娜，但愿你知道我刚刚梦见了谁？'

"不论我怎么追问，她都不对我讲。她只叫我把小桌移近一些，又写了几行字，叫我当面把信封上，立刻送走。以后，情况就越来越坏了。"

二十六

乡间什么在等待着我们

四月十八日，我们在彼得罗夫斯科耶住宅门口下了马车。离开莫斯科时，爸爸心事重重，沃洛佳问他是不是 maman 病了，爸爸悲伤地望望他，默默地点点头。旅途中他显然平静了些；但是我们离家越近，他的脸色就越来越悲哀，下马车时，他问喘息着跑来的福卡说："娜塔利娅·萨维什娜在哪儿？"他的声音颤巍巍的，眼中含着泪水。善良的老福卡偷偷地看了我们一眼，低下头，打开前门，把脸扭到一边，回答说：

"她已经是第六天没有离开卧室了。"

后来我听说，米尔卡从 maman 病倒的那一天起，就不住声地哀叫。现在它快活地向爸爸冲过来，扑到他身上，一边尖叫，一边舐他的手；但是他把它推到一边，穿过客厅，从那里进入起居室，起居室的门直通卧室。他越走近那个房间，从他全身的动作看来，他的焦急心情也就越明显了；一进起居室，他就踮着脚走，几乎是屏住呼吸，在他没有下决心转动那扇关着的门上的锁时，先画了个十字。这时米米蓬头散发，满脸泪痕，从过道里跑出来。"啊，彼得·亚历山德雷奇！"她带着真正绝望的神情低声说，看见爸爸在转动门上的锁，她几乎听不出地补充说，"这儿进不去，要穿过使女的房间。"

这一切使我那由于可怕的预兆而不胜悲哀的、天真的想象感到多么悲痛！

我们走进使女的房间；在过道里我们遇见了傻子阿基姆，他一向好做鬼脸逗我们发笑；但是这时我不仅不觉得他滑稽，而且一见他那冷淡而愚蠢的面孔，我就觉得痛苦得了不得。在使女的房间里，两个正在干活的使女欠起身来向我们行礼，她们那副愁容使我害怕极了。又穿过米米的房间，爸爸打开卧室的门，于是我们都走了进去。门的右首是两扇窗户，窗户被窗帘遮住；一扇窗前坐着娜塔利娅·萨维什娜，她鼻梁上架着眼镜在织袜子。她没有照平时那样吻我们，只是欠起身来，透过眼镜望望我们，就泪如泉涌了。大家本来都十分平静，一看见我们都哭起来，这使我很不喜欢。

门的左边摆着一架屏风，屏风后面是床、一张小桌、一个小药箱和一张大安乐椅，医生正坐在上面打瞌睡。床边站着一个年轻的非常美丽的金发姑娘，她穿着雪白的晨装，袖子卷起一点，正往我当时看不见的 maman 的头上敷冰。这个姑娘就是妈妈信上说的那个 la belle Flamande，后来她在我们全家的生活中扮演一个十分重要的角色。我们一进来，她就把一只手从 maman 头上抽回，整理她胸部的衣褶，随后低声说："昏迷了。"

我当时痛苦万分，但是不由地注意到一切细节。房间里几乎是昏暗的，很热，充满混杂着薄荷、香水、苦菊和霍夫曼药水[①]的气味。这种气味给了我那么深刻的印象，不仅一闻到它，甚至一想到它，我就立刻回想起那间阴森森的、使人窒息的屋子，那可怕时刻的一切细节都立刻再现出来。

maman 的眼睛睁着，但是她什么也看不见……噢，我永远也忘不了那可怕的目光！目光里流露出多么苦痛的神情！……

我们被领走了。

后来我向娜塔利娅·萨维什娜问起妈妈临终的情况，她对我这样讲：

"把你们领走之后，她又折腾了好久，我的亲爱的，好像有什么东西哽在她这儿；随后她的头从枕头上滑下来，她就像天使一样，平静而安宁地睡着了。我刚走出去看看，为什么没有把她的药水送来，再回来时，她，我的心肝，已经把身边的一切推开，不住地招呼你爸爸到她身边去；你爸爸俯在她身上，但是她分明已经没有力气说出她想说的话：她一开口就又呻吟起来：'我的上帝！主啊！孩子们！孩子们！'我想跑去找你们，但是伊万·瓦西里奇拦住我说：'那会使她更加心烦意乱，

① 霍夫曼药水是俄国连用了好几代的非常通用的药品。

最好不必。’后来，她刚举起手来，就又放了下去。她这是想表示什么意思，那只有天知道了。我想，她是在暗暗给你们祝福；显然，上帝不让她在临终前看看自己的孩子们。最后，她稍稍抬起身来，我的亲爱的，双手这么动了一下，突然用那么一种我想都不敢想的声调说：‘圣母呀，不要抛弃他们！……’这时她心痛起来；从她的眼神可以看出，这个可怜的人儿痛苦极了。她倒在枕头上，用牙咬住床单；而她的眼泪，我的少爷，就不住地往下滚。”

“嗯，以后呢？”我问。

娜塔利娅·萨维什娜再也说不下去了。她转过身去，痛哭起来。

maman 在万分痛苦中逝世了。

二十七

悲　痛

第二天深夜，我很想再看她一眼。我克制住不由自主的惧怕心情，轻轻地开了门，踮着脚走进大厅。

棺材停在房间当中的一张桌子上，周围是插在高大的银烛台里的残烛；教堂的诵经员坐在房间远远的角落里，用柔和而单调的声音朗诵圣诗。

我停在门口开始张望；但是，我的眼睛哭得那么厉害，神经受了极大的刺激，以至什么都分辨不出；烛光、锦缎、天鹅绒、高烛台、粉红色镶花边的枕头、花环、缀着缎带的帽子，还有一样透明的苍白如蜡的东西，这一切都怪异地融成一片。我站到椅子上想看看她的脸；但是在那里我又看见那浅黄色的、透明的东西。我不能相信这就是她的脸。我更加聚精会神地凝视着它渐渐认出了她那可爱的、熟悉的面貌。当我肯定这就是她的时候，我恐怖得颤抖了；但是，为什么那双闭着的眼睛是那么深陷？为什么这么苍白可怕，一边脸颊的透明皮肤下还有了黑斑呢？她整个的面部表情为什么那么严肃、那么冷冰冰的？为什么嘴唇那么苍白，嘴形那么美好、那么肃穆，露出那么一种非人间所有的宁静，使我凝视着它就毛骨悚然呢？……

我凝视着，感到有一股不可思议的、不可克服的力量把我的目光吸引到那张毫无生气的脸上。我目不转睛地望着它，但是我的想象却描绘出一幅幅洋溢着生命和幸福的图景。我忘记躺在我面前的这具死尸，忘记我像凝视与我的回忆毫无关系的东西一样凝视着的这具尸体，就是她。我一会儿想象她已经死去，一会儿又想象她还活着，活跃、高兴、含着微笑；随后，我所凝视着的那张苍白面庞上的某种特征突然使我大吃一惊；我想起可怕的现实境界，战栗起来，但是仍旧望着。幻想又代替了现实，现实的意识又破坏了幻想。终于想象疲倦了，它不再欺骗我。现实的意识也消失了，我完全失神了。我不知道我在这种状态下滞留了多久，也不知道这是什么境况；我只知道，我一时间失去了自我存在的意识，体验到一种崇高的、难以形容的悲喜交集的快感。

可能在她向极乐世界飞升时，她的善良的灵魂会悲哀地望望她把我们撇下的这个世界；她看到我的悲哀，怜悯起来，于是含着圣洁的怜悯的微笑，爱怜横溢地降到尘世，来安慰我，祝福我。

门吱呀一响，另一个来换班的诵经员走进大厅。这个声音惊醒了我，涌上心头的第一个念头就是：我没有哭，而且以一种根本不会令人感动的姿态站在椅子上，那个诵经员可能认为我是个冷酷无情的孩子，由于怜悯或者好奇才爬上椅子；于是，我画了个十字，行了个礼，就哭起来。

现在回忆我当时的印象，觉得只有那种一刹那间的忘我状态才是真正的悲哀。丧礼前后我不住地哭，十分悲伤，但是我羞于回忆这种悲伤的心情，因为其中总是混杂着一种爱面子的感情：有时是希望显示我比任何人都哀痛，有时考虑我对别人发生的作用，有时是一种无目的的好奇心，使我观察起米米的帽子或者在场人们的脸。我轻视自己，因为我没有体验到一种纯粹是悲哀的心情，于是就极力隐瞒着不让其他任何人知道；因此，我的悲哀是不真诚、不自然的。况且，一想到我自己是不幸的，就感到一阵愉快，极力要唤起不幸的意识，这种自私的情感，比其他的一切更强烈地压制了我心中真正的悲哀。

在极度悲哀之后往往如此，我平静地酣睡了这一夜。当我醒来时，我的眼眶里干涸无泪，神经也十分平静。十点钟叫我们去参加出殡前的祭祷。房间里挤满了家仆和农奴，他们都眼泪汪汪地来向女主人告别。在丧仪中,我大哭了一场,画了十字，深深地行了礼，但心里并不曾祈祷，而且相当冷淡；我只关心他们给我穿的新的小燕尾服腋下很紧，我在盘算跪下时怎样不要把裤子弄得太脏，并且偷偷地打量所有参加仪式的人。父亲站在棺材头上，苍白得像张白纸，分明好容易才忍住眼泪。他那穿着黑燕尾服的高大身姿，他那惨白的富于表情的面孔和在他画十字、行礼时用手触地，从神父手中接过一支蜡烛，或者走到棺材跟前时的那种像平时一样优雅而稳重的举动，都是极其动人的；但是，不知道为什么，我不喜欢他当时能显得这么动人。米米靠墙站着，好像快要倒下去似的；她的衣服皱成一团，粘满绒毛，帽子也歪到一边；哭肿了的眼睛通红，头不住摇晃；她不住地用令人肝肠寸断的声调哭泣，一直用手帕和手捂着脸。我觉得，她这么做是为了遮住脸不让旁人看见，好假哭一阵以后休息一会儿。我记得前一天她对爸爸说，妈妈的逝世对她来说是一种她根本经受不起的极其可怕的打击，maman的逝世夺去了她的一切，这个天使（她这样称呼 maman）临终也没有忘记她，并且表示愿意永远保障她和卡坚卡的未来。她讲这话时痛哭流涕，也许她的悲哀是真诚的，但是这种感情并不是绝对单纯的。柳博奇卡穿一件缀着丧章的黑衣服，满面泪痕，垂着脑袋，偶尔望一望棺材，这时她的脸上流露出的只是一种稚气的恐惧。卡坚卡站在她母亲身边，尽管哭丧着脸，却像往常一样红润。性情开朗的沃洛佳在悲哀的时刻也是神情开朗的：他有时沉思地站着，眼睛盯着什么东西，有时他的嘴突然歪斜起来，于是他赶快画个十字，俯首行礼。所有参加丧礼的外人，我都觉得难以忍受。他们对我父亲所说的安慰话，如“她在天上更美满”“她不是为尘世而生的”等等，都引起我的一种恼怒的心情。

他们有什么权利谈论她和哭她呢？他们有的人提到我们时，管我们叫孤儿。好像他们不提，我们自己就不懂得没有母亲的孩子被人家这样称呼似的！他们好像很喜欢带头这样称呼我们，就像人们通常急着抢先称呼新娘子为 madame ①一样。

在大厅远远的角落里，跪着一个屈身弓背、白发苍苍的老妇人，几乎是躲在餐室敞着的门后。她合着手，举目望天，她没有哭，只是在祈祷。她的心灵飞到上帝身边，请求上帝把她和她在世界上最爱的那个人结合在一起，她确信这一点不久就会实现。

“这才是真正爱她的人！”我心里想，开始问心有愧起来。

追悼会结束了；死者的脸没有盖上，所有参加仪式的人，除了我们，都挨次到棺材前去吻她。

在最后去向死者告别的人中有一个农妇，她怀中抱着一个五岁模样的漂亮女孩，天知道她为什么把这个女孩抱来。这

① 法语：夫人。

时，我无意中把湿手帕掉在地上，正要去拾；但是我刚弯下腰去，一声充满恐怖的可怕惨叫使我大吃一惊，即使我活到一百岁,也忘不了这个喊声;我一想起来全身就不寒而栗。我抬起头，只见那个农妇站在棺材旁的一张凳子上，吃力地抱住那个女孩，女孩挥动着小手，吃惊的小脸向后仰着，瞪着眼睛凝视着死人的脸，用一种可怕的、狂乱的声音哭号起来。我哇的一声哭出来,我想,我的声音比使我大吃一惊的那个声音还要可怕,于是,我就跑出屋去了。

这时我才明白，为什么会发出那种和神香的味道混合在一块儿、充满大厅的强烈而难闻的气味。我一想到那张几天前还那么美丽、那么温柔的面孔，我在世界上最爱的人的面孔竟会引起恐怖，仿佛使我第一次明白了沉痛的真理，使我心里充满了绝望。

二十八

最后的悲痛回忆

maman 已经不在了，但是我们的生活还是照老样子过下去；我们按照一定的钟点就寝和起床，还住在那些房间里；早点、晚茶、午饭、晚饭，都照往常的时间开；桌椅都摆在原来的地方，家里和我们的生活方式没有丝毫变化；只是她不在了……

我觉得，经过这样的不幸，一切都应该有所改变；我们的日常生活方式，在我看来是对她的悼念的一种侮辱，它清清楚楚地提醒我她不在了。

出殡的前一天，吃过午饭，我困了，于是到娜塔利娅·萨维什娜的房间里去，打算躺在她那柔软的羽毛床垫上，钻进暖和的绗过的被子。我进去时，娜塔利娅·萨维什娜躺在床上，大概是睡着了；听见我的脚步声，她微微欠起身来，掀开她盖在头上防苍蝇的羊毛披巾，扶正包发帽，坐到床边。

以前我常到她的房里午睡，所以她猜到我的来意，她一面从床边站起来，一面说：

"怎么样，我的宝贝，你大概是来休息的吧？躺下吧！"

"您怎么啦，娜塔利娅·萨维什娜？"我说，拉住她的胳膊，"我根本不是为这个来的……我是来……您自己也很累呀，快躺下吧。"

"不，少爷，我已经睡够了，"她对我说（我知道，她三昼夜没有睡了），“况且，现在也睡不着。”她长叹了一声补充说。

我想跟娜塔利娅·萨维什娜谈谈我们的不幸：我知道她那份真诚和爱，因此同她抱头大哭一场对我会是一种安慰。

“娜塔利娅·萨维什娜，”我说，沉默了一会儿，坐在她的床上，“您料到这事了吗？”

老妇人带着莫名其妙和好奇的神色望了望我，大概不明白我为什么问她这个。

“谁会料到这事呢？”我重复了一句。

“噢，我的少爷，”她说着，投给我一个最温柔的同情的目光，“不但没有料到，就是现在我也不能设想啊！像我这样的老太婆，老早就该让我这把老骨头歇歇了；我何必还活着呢？我的老主人，——你的外祖父，愿上帝保佑他的灵魂！——尼古拉·米哈伊洛维奇公爵、他的两个兄弟、他的妹妹安娜，全都逝世了，他们都比我年轻，我的少爷，现在，显然因为我罪孽深重，她也比我先去了。这是上帝的旨意！上帝把她带走，是因为她配得上，上帝那里也需要好人呀。”

这种纯朴的想法给了我很大的慰藉，我更移近娜塔利娅·萨维什娜一些。她把手交叉在胸前，向上望了一眼；她那深陷的潮润的眼睛里流露出深沉而平静的悲哀。她坚信上帝不会使她同她全心全意地爱了多年的人分离多久了。

“是的，我的少爷，好像不久以前我还抚育她，用襁褓包住她，她管我叫‘娜莎’。她常常跑到我跟前，用小胳膊搂住我，开始吻我，说：

“‘我的娜莎，我的美人儿，你是我的母火鸡！’

“我就开玩笑说：‘不对，小姐，您并不爱我；等您长大了，结了婚，您就会忘了您的娜莎。’她想了一阵说：‘不，要是不能把娜莎带去，我宁愿不结婚；我永远也不离开娜莎。’现在她离开我，不等我了。您故去的妈妈，她多么爱我呀！说真的，她谁不爱呢？是的，少爷，千万不要忘记您的母亲；她不是凡人，而是天使。等她的灵魂将来到了天国的时候，她还会爱您，为您高兴。”

“为什么您说，娜塔利娅·萨维什娜，‘将来到了天国的时候’呢？”我问，“我想，她现在已经在那里了。”

“不，少爷，”娜塔利娅·萨维什娜压低声音说，在床上坐得更挨近我，“她的灵魂现在就在这儿。”

她指指上面。她几乎是用耳语声说的，声音里充满了感情和确信。我不由自主地抬起眼来，望望檐板，在那里寻找什么东西。

"我的少爷，一个正直的灵魂必须经过四十道苦难，过了四十天，才能升到天堂，因此可能还留在自己家里……"

她这样继续说了好久，说得那么朴实，那样满怀信心，好像在说她亲眼看见的、谁都不会发生丝毫怀疑的、十分平常的事情一样。我屏息凝神地听着她讲，虽然对她的话并不十分懂，却完全相信她。

"是的，少爷，现在她就在这儿，望着我们，也许还在听我们谈话呢。"娜塔利娅·萨维什娜结束说。

接着，她低下头，默不作声了。她需要一块手帕擦干落下的眼泪；她站起来，直勾勾地望着我的脸，用激动得发抖的声音说：

"通过这件事，上帝使我更接近他好几步。现在，这儿还给我留下什么呢？我为谁活着呢？我爱谁呢？"

"难道您不爱我们吗？"我责备说，几乎忍不住掉下泪来。

"天知道我多么爱你们这些宝贝，但是我从来没有，而且也不能，像爱她那样爱任何一个人。"

她说不下去了，转过身去，痛哭起来。

我再也不想睡了；我们面对面不声不响地坐着流泪。

福卡走进屋来；他看见我们这种情景，大概不愿意惊动我们，就停在门口，默默地，怯生生地张望着。

“你有什么事，福卡？”娜塔利娅·萨维什娜问道，用手帕揩着眼泪。

“要一磅半葡萄干，四磅糖，三磅黍米，做八宝供饭①。”

“就来，就来，亲爱的。”娜塔利娅·萨维什娜说着，连忙吸了一撮鼻烟，快步走到箱子那边。当她在尽自己认为是十分重要的职责时，由我们的谈话所引起的悲哀连最后一点点痕迹都没有了。

“为什么要四磅？”她唠叨说，拿出糖在天平上称一称，“三磅半就够了。”

于是她从天平上取下几小块。

“昨天我刚给了他们八磅黍米，现在又来要，真不像话！随你的便，福卡·杰米德奇，但是这个万卡就高兴家里现在乱糟糟的，我再也不给黍米了：也许他想这样就可以浑水摸鱼了。不，凡是主人的财产，我都不会马马虎虎。谁见过这样的事啊？要八磅！”

“怎么办呢？他说都用完了。”

① 八宝供饭是用黍米、糖、葡萄干和类似这样的东西做的食品，在举行丧礼时供在死者面前，丧礼后用以饷客。

“哦，好吧，在这儿，拿去！给他吧！”

她从同我谈话时那样令人感动的样子转变到埋怨唠叨和斤斤计较，当时使我大为吃惊。以后我考虑这一点时，才理解到，不管她心里多么难受，她还有足够的精力去料理自己的事务，习惯的力量使她去完成日常的工作。悲哀对她产生那么强烈的影响，使她不觉得有必要来掩饰她能从事其他事情的事实；她甚至不会理解，怎么有人会产生这样的想法。

虚荣心同真正的悲哀是完全矛盾的感情，但是这种感情在人类天性中是那么根深蒂固，连最沉痛的悲哀都难得把它排除掉。在悲哀的时刻，虚荣心表现为希望显得伤心、不幸，或者坚强；我们并不承认这种卑鄙的愿望，但是它们从来，甚至在最沉痛的悲哀中，也不离开我们，它削弱了悲哀的力量、美德和真诚。但是娜塔利娅·萨维什娜遭到的不幸使她悲痛万分，所以她的心灵中没有剩下半点私心杂念，她只是照习惯行事。

给了福卡所要的粮食，又提醒他要做馅饼来款待神父以后，她就把他打发走，自己拿起编织的袜子，又在我旁边坐下来。

我们又谈起那些事情来，又哭了一阵，又擦眼抹泪。

我同娜塔利娅·萨维什娜的谈话每天都要重复；她那沉静的眼泪和温和而虔诚的言语，使我得到安慰，使我轻松。

但是，不久以后我们就离别了。丧礼后三天，我们全家搬到莫斯科，我注定再也见不到她了。

我们到了莫斯科，外祖母才得到这个可怕的消息，她悲痛欲绝。我们不能去见她，因为她整整一个星期都人事不省；医生们为她的生命担忧，尤其是因为她不但不肯服药，而且不同任何人讲话，不睡觉，不吃任何东西。有时候，她孤单单地坐在房里的安乐椅上，突然笑起来，随后又干哭一阵，她抽风，用疯狂的声音喊出一些荒谬或者可怕的话。这是损害了她的健康的第一个巨大的悲哀，这种悲哀使她陷入绝望。为了自己的不幸她需要把气出在别人身上，于是就说些吓人的话，异常严厉地恐吓什么人，从椅子上跳起来，迅速地迈着大步在房里踱来踱去，随后就昏倒在地上。

有一次我到她的房里去，见她像往常一样坐在安乐椅上，显得很平静；但是，她的眼神使我大吃一惊。她的眼睛睁得大大的，目光茫然若失，毫无生气：她直勾勾地凝视着我，然而大概并没有看见我。她的嘴唇慢慢露出一丝微笑，她用动人的、温柔的声调说："到这儿来，我的好孩子；来呀，我的宝贝！"我以为她是对我说的，于是走近些，但是她并不望着我。"啊，要是你知道，我的心肝，我有多么痛苦，现在你来了我又多么高兴……”我明白她是在想象中见到了妈妈，于是我停住了。“人家对我说你不在了，”她接着说，皱皱眉头，“简直是胡说！难道你会死在我前头吗？”于是她又发出可怕的、歇斯底里的大笑声来。

只有会爱得强烈的人们，才能体会到强烈的痛苦；但是，那种对于爱的强烈要求正可以用作她们抵抗悲伤的药剂，可以治愈他们。因此，人的精神力量比体力更富于生命力。悲伤从来也折磨不死人。

过了一个星期，外祖母能哭出来了，好些了。她清醒以后首先想到的就是我们，她对我们更加慈爱了。我们一直不离开她的安乐椅；她轻轻地哭泣，谈着妈妈的事情，温存地爱抚我们。

看见外祖母这么伤心，没有人会认为她是夸大了她的悲伤，那种悲伤的表现是猛烈而动人的；但是我，不知什么缘故，却更同情娜塔利娅·萨维什娜，我至今依然确信，没有人像那个心地纯洁、富于感情的人那样真挚而朴实地爱着妈妈，那么沉痛地哀悼她。

随着妈妈的逝世，我的幸福的童年也就结束了，开始了一个新的时期——少年时期；但是由于我对娜塔利娅·萨维什娜——我再也见不到她，她对我的个性和感情的发展和方向有过那么强有力的好影响——的回忆是属于第一个时期的，关于她和她的逝世我想再说几句。

我们离开以后，后来听留在乡下的人们对我讲，她因为没有事干，感到十分寂寞。虽然所有的箱子还由她掌管，她不断地翻箱倒柜，清理，晾晒，放好；但是她觉得缺少了她从小就习惯的、老爷们的乡间宅邸里的那种喧哗和忙乱。悲伤，生活方式的改变，没有事干，不久就发展成一种在她身上早有苗头的老年病。我母亲死后整整一年，她就得了水肿病，卧床不起了。

我想，娜塔利娅·萨维什娜孤零零地、举目无亲地生活在彼得罗夫斯科耶那空荡荡的大房子里固然很难过，而在那里死去就会更加难过了。家里的人都很敬爱娜塔利娅·萨维什娜，但是她同任何人都没有交情，而且以此自豪。她认为，以她这种管家的地位，享有主人的信任，掌管着那么多装满各种各样物品的箱子，如果同任何人有交情，一定会使她徇私，迁就姑息，为了这个缘故，或者因为她同其他的仆人们毫无共同之处，她避开所有的人，总说她在家里跟谁都不沾亲带故，为了主人的财物她对谁都是铁面无私。

她用热诚的祈祷向上帝述说自己的感情，从中寻求，并且找到了安慰；但是有时，在我们大家都容易遇到的感情脆弱的时刻，生物的眼泪和同情能令人获得最好的慰藉，她就把她的小哈巴狗（它的黄眼睛盯着她，舐她的手）放到床上，跟它说话，一边爱抚它，一边轻轻地哭泣。当那只哈巴狗可怜地吠叫时，她就极力使它平静下来，说："够了，不用你叫，我也知道我快死了！"

她临死前一个月，从自己的箱子里取出了些白棉布、白纱布和粉红丝带；靠着她的使女的帮助，给自己做了一件白衣服和一顶白帽子，把她丧礼上需要的一切最细小的东西都准备好。她把主人的箱子也都清理好，一丝不苟地照着清单点交给管家的妻子。随后，她拿出以前我外祖母给她的两件绸衣服、一条古色古香的披巾，还有一件我外祖父的绣金军服，也是交给她随意处置的。由于她小心保存，军服上的绣花和金带仍旧是崭新的，呢子也没有被虫蛀。

临死前她表示了这样一个愿望：把这些衣服中的一件，粉红色的那件，给沃洛佳做睡衣或者棉袄；另一件，棕色方格的，给我派作同样用场；披巾给柳博奇卡。我们中间谁先做了军官，她就把那件军服遗赠给哪个。她的其余的东西和金钱，除了四十卢布留作她的丧礼和超度灵魂之用外，她都给了自己的弟弟。她弟弟是个早就被解放了的农奴，住在一个遥远的省份里，生活十分放荡，因此她活着的时候同他一直没有任何来往。

当娜塔利娅·萨维什娜的弟弟来接受遗产时，结果死者的全部财产只值二十五个卢布票，他不相信这点，而且说，一个老太婆在有钱人家待了六十年，而且掌管着一切，省吃俭用了一辈子，连破布烂片都爱惜，居然什么也没有留下，这是不可能的。但是事实就是如此。

娜塔利娅·萨维什娜被病魔缠磨了两个月，她以真正基督徒的忍耐精神忍受着痛苦，既不抱怨，也不诉苦，仅仅按照她的习惯，不住地呼唤上帝。在临死前一个钟头，她怀着平静的喜悦心情做了忏悔，领了圣餐，举行了临终涂油礼。

她请求家里所有的人饶恕她可能使他们受到的委屈，请求接受她忏悔的瓦西里神父转告我们大家，说她不知道如何感激我们的恩典，并且说，如果由于她愚昧无知得罪了什么人的话，请求我们饶恕她。“但是我从来没有做过贼，我敢说，我从来没有偷过我主人一针一线！”这是她最重视的自己身上的美德。

她穿戴上她准备好的衣服和帽子，把胳膊肘支在枕头上，同神父一直谈到最后，当她想到她没有给穷人留下什么的时候，她掏出十个卢布，请求神父在教区分给他们；随后她画了个十字，躺下来，最后又长叹了一声，带着愉快的笑容，呼唤了一声上帝。

她毫无悔恨地离开了人间，她不怕死，把死当作一种天惠。人们常常这么说，但是实际上这么想的却是多么少啊！娜塔利娅·萨维什娜能够不怕死，是因为她是怀着坚定不移的信念，完成了福音书上的训诫死去的。她一生都怀着纯洁、无私的爱和自我牺牲的精神。

如果她的信念能够更高尚，她的生命能够献给更远大的目标，结果会怎样呢？难道这个纯洁的灵魂就因此受到较少的敬爱和赞美吗？

她在这一生完成了最美好、最伟大的事业，毫无悔恨、毫无畏惧地死去了。

遵照她的遗愿，她被埋葬在离我母亲坟墓前的小礼拜堂不远的地方。她长眠在一个长满荨麻和荆棘的小土墩下，四周围着黑色栏杆。当我走出小礼拜堂的时候，我从来不忘记走到栏杆跟前，叩个头。

有时我在小礼拜堂和黑栏杆之间默默地站着。沉痛的回忆突然涌上我的心头。我想：难道上天把我同这两个人结合在一起，就是为了使我终身为她们惋惜吗？……